弱キャラ友崎くん

屋久ユウキ
Yuki Yaku Presents
フライ Illustration
Fly
The Low Tier Character
"TOMOZAKI-kun";
Level.10

Lv.10

キャラ紹介

友崎文也（ともざき・ふみや）
高校二年生。弱キャラ？

日南葵（ひなみ・あおい）
高校二年生。学園のパーフェクトヒロイン。

七海みなみ（ななみ・みなみ）
高校二年生。ムードメーカー。

夏林花火（なつばやし・はなび）
高校二年生。ちっちゃい。

泉優鈴（いずみ・ゆず）
高校二年生。いけてる系女子。

菊池風香（きくち・ふうか）
高校二年生。本好き。

水沢孝弘（みずさわ・たかひろ）
高校二年生。美容師志望。

中村修二（なかむら・しゅうじ）
高校二年生。クラスのボス格。

竹井（たけい）
高校二年生。ガタイがいい。

成田つぐみ（なりた・つぐみ）
高校一年生。色々とフリーダム。

紺野エリカ（こんの・えりか）
高校二年生。クラスの女王。

レナ（れな）
二十歳。お酒好き。

足軽さん（あしがる）
アタファミのプロゲーマー。

The Low Tier Character
"TOMOZAKI-kun"; Level.10

CONTENTS

0

あらゆる体系は完全ではないと立証した定理が、自らも不完全であることを証明している。

そんな矛盾《むじゅん》に満ちた数字の並びを見たとき、まるで私みたいだな、と思った。

示されていたのは、ほんとうの意味で正しいものは永遠に見つからないという絶望とも呼べたし、完全なものはないということだけは信じられるという希望とも呼べたけれど、それ以上にただ真実であるという酷《ひど》く冷えた感触が、私好みで。


文学的で巧みな表現に価値を託して、揺れ動いた心こそ真実なのだと勘違いしたり。

叙情的で沁《し》みるような感傷に酔って、気持ちいい共感のなかに自己を耽溺《たんでき》させたり。


虚像を信じることがなによりも苦手な私にとって、本質を見失うために綴《つづ》られる痛み止めの物語は、その場しのぎにしかならなくて。ただ端的に構造を示してくれる証明のほうが、ずっと優しく感じられた。

寂《さび》しくない、とまでは強がりみたいで言えなかったけれど、その場しのぎよりも正しさが欲しかったのは、混じりのない本音だったから。

思えば、とっくのとうに麻痺《まひ》していたのだろう。

私以外はきっと、麻酔のように心地《ここち》いい嘘《うそ》で。

私はきっと、氷のように冷たい論理で。


嘘と論理、どちらが人を惹《ひ》きつけるかなんて考えるまでもなくわかって、だから私はほんとうのことを見つけるために、気づけば一人になることを選んでいた。

世界を説き伏せるために積み重ねた行動は、次第に確からしさを伴っていって。

強さを飼い慣らす猛獣使いのように、私は道化を塗り固めていった。


結果は嘘をつかない。

結果は嘘をつかない。

結果だけは嘘をつかない。


誰《だれ》かが友情を育《はぐく》んで、恋愛して、失敗して。そこに感情移入して——心が動かされて。

他人が歩んだ人生の追体験を根拠にした幸せなんて、私は信じない。

13　0

そう簡単に、救われてたまるか。

1　特定の日にしか起こらないイベントには、だいたい重要な役割がある

朝の第二被服室には、俺しかいなかった。

それは入る前からわかっていたし、実際あいつがいつものぶっきらぼうな表情でこの席に座っていたとしても、今更なにを話せばいいのかわからなかっただろう。だから、ある意味安心している自分もいて。

だとしても俺は、あいつにはそこにいてほしかった。


俺が日南《ひなみ》の不合理の裏にあった意図を告発して。

つまり、あいつが俺に『人生攻略』を指南しつづけた理由を突きつけて。

そうしてなんの連絡もないまま日南がここに来なくなってから、もう二週間ほどが経《た》つ。


二月の中旬。信じたかったものを失ってしまった実感が指先を冷やして、それでもまだ信じていたいという勝手な期待が、体の芯《しん》を締め付ける。待っていても来ることはないとわかっていたのに、往生際悪く俺はそこにいた。教室に向かえば日南はいるんだろうけど、その場にいるのは、俺が話したいあいつじゃなかったから。

だけどこれはきっとなにも不自然なことのない、当然のことなのだろう。

日南は自分の正しさを証明するために、友崎文也《ともざきふみや》というキャラクターを利用していただけで。それを俺が知ってしまったいま、これまでと同じように証明を続けることは、できなくなってしまったのだから。

――ィーンコーン、――ァーンコーン。

校庭を挟んで向かい側にある新校舎から、反響した予鈴の音が聞こえる。故障した旧校舎のスピーカーは接続が悪いのか、音割れのようなノイズしか届かなくて、ときに輪郭を取り戻したかと思いきやすぐに壊れた音へ引き戻され、耳を突く。じりじりとした音像は古くなったラジオを思わせて、不穏と懐《なつ》かしさが混じり合った響きは、いまの俺の心と妙にフィットした。

その音はここ数日何度も聞いた、感情のないタイムアップ音だ。

「……来ない、か」

ため息をつくと、いつもあいつが座っていた席を取っておくように置いていたカバンを手に取る。そして俺はこれまで何度も通った廊下を、一人で歩きはじめた。

＊＊＊

俺は廊下を歩きながら、日南《ひなみ》とのLINEのトーク画面を開いていた。

『明日の朝、第二被服室で待ってる』

『明日も行く』

『これからもいつも通り行くから、気が向いたら来てくれ』

俺から日南に送信した、一方的なメッセージ。
返信はなくて、ただ既読だけが残っていた。
こうして相手からの返信がないのにメッセージを送り続けることが、一般的に見て気持ち悪いことなのだということはわかっている。
それでも、俺はそうせざるを得なかった。

俺は日南葵《あおい》に、ただ自分の人生を利用されていただけで。

少しはできていたと思っていたあいつとの絆《きずな》も、ただの虚構だったのかもしれなくて。

それでも俺があいつにこだわっている理由は、自分でも言葉にすることはできなかった。

依存なのか、情なのか――それとも、他のなにかなのか。

俺は、それをわかりたいと思っていた。


足軽《あしがる》さんから指摘された俺の業。

他者に踏み込まず、踏み込ませない個人主義。

選択の責任を他者に預けたり、逆に誰《だれ》かの人生の責任を背負ったり、そんな関係を本能的に拒絶してしまう個人競技のゲーマーとしての本能が、心の奥に巣くっていて。

俺はきっと、本当の意味では誰とも、手を取り合うことができないはずだった。


だけど俺はあのとき、そんな個人主義の範疇《はんちゆう》を。

ただ一つの領域においてだけは、越境したいと思えたのだ。

俺はその理由を、わかりたかった。


そして、一つわかっていること。

日南が、自分の人生と俺の人生を、『証明』のためだけに使っているとわかったとき。

俺は――ただひたすらに、悲しかったのだ。

＊＊＊

教室に入ると、俺の目は自然と一つの方向へと引き寄せられていた。

「そういうさくらは誰《だれ》が本命なの～？」

みみみやたまちゃんたちのグループで談笑している日南《ひなみ》は、いまは丁度《ちょうど》同じグループの柏《かし》崎《わざき》さんをからかっているところだった。

「そうやって葵《あおい》は話を逸《そ》らして～！」

「逸らされるほうが悪いっ！」

隙《すき》のある笑顔、砕けた言葉。

相手を信頼していることを示すような、ほかの人より少しだけ、踏み込んだ態度。

つまりは――他者を魅了し、人生を処世するための、丁寧《ていねい》な積み重ね。

その徹底こそが日南葵で、だから俺はゲーマーとしてあいつを尊敬していたのだけど、実のところ、そこで行われていたのはただの処世よりももっと、残酷なもので。

「葵はずるいなぁ～」

騙《だま》すわけでもなく、媚《こび》を売るわけでもなく。

正しさの証明の途中式として、他者の存在を利用する。それが日南葵の本当の姿だった。

心の底から楽しそうに笑っている柏崎さんは、明らかに日南のことを信頼していて、日南と対等に話せていることに、誇りを感じているようにすら見えた。

完璧《かんぺき》で、けどちょっとドジで、だからこそ尊敬できる、みんなが大好きな女の子。

そんな女の子と一緒のグループにいられることが嬉《うれ》しいし、自分にとっての価値となる。

巧みにコントロールした外殻を身にまとい、人の承認欲求や所属欲求を刺激して、世界を徹底的にハックしていく。それが、日南葵が作り上げた『日南葵』のかたちだった。

だから決して——言葉を交わす日南葵と柏崎さんの心は、繋《つな》がっていない。

俺の視線を感じたのか、みみみがこちらに気がついて目が合った。手をぶんぶん振りながら近づき、俺に笑顔を向けてくれる。

「おはよー！　ブレーンは今日も遅いねえ！」

ここ数日、みみみは俺への絡みが増えていた。それは少し前まで俺が菊池《きくち》さんとの件で沈んでいたことを知っているからなのか、それとも最近俺の様子がおかしいことに気づいているのか、もしくは単に、暇《ひま》なだけなのか。どれが正解かはわからなかったけれど、俺はその事実そのものに助けられていた。

「お、おお、そうか？」

そんなふうにいつもの調子を取り繕《つくろ》って返事を返すと、みみみは俺の前でちょっと声を潜《ひそ》め、こんなことを言う。

「あのさ、友崎《ともざき》。一個確認しときたいんだけど……」

俺だけに聞こえるように発せられた言葉に、身構える。少し前、俺がみんなとの関係を少しずつ切っていこうと考えていたとき、その異変に一番に気がついたのはみみみだった。

ということは今回も——と、いうわけではなく。

「チョコ、みんなで渡し合おうって話になってるんだけど……そういうのって風香《ふうか》ちゃん平気?」

「チョコって……ああ」

聞き返しながら、俺はすぐに気がつく。

「大丈夫。……菊池《きくち》さんとは、放課後に会う約束してるから」

「あ、ならよかった！」

そう。今日は二月の十四日、つまりはバレンタインだ。

「ブレーンはそういうの、すっかり忘れてたとか言い出してもおかしくないですからねえ」

「う、うるせえ。これでも俺は成長したんだよ」

「あはは、そうだね！」

俺は菊池さんと恋人同士になってから初めてのバレンタインに、放課後二人で会う予定を入れていた。ちなみに一週間前くらいまで忘れてたのでそこは反省している。

「付き合ってるわけだし……そこはな」

自分に抱《かか》えるべき許容量の、線引きをするように言う。

俺と菊池さんはまだ、個人を超えてお互いの責任を預けあうような関係になることはできていなかった。だけど、きっとそんなゼロか百かの地点ではないあいだのところにも、二人の落としどころがあるかもしれない。

だから俺たちは、言ってみればそれもまた形式なのだとしても、二人の関係を育《はぐく》んでいくために、時間を重ねていくことに決めた。個人は個人として生きるという俺の価値観を、つまりは業を、菊池さんが尊重してくれたのだ。

「うん。……そうだね」

そしていまの俺はもうあの頃《ころ》の弱キャラではないから、みみみの言葉にあったほんの少しの空白の意味だって、たぶん理解できていた。

だとしても、自分の手に抱えられる荷物の量には、限界があったから。そこに責任をとれない以上、ここから先へ踏み込むことはできなくて。

「りょーかい！　それじゃあ楽しみに待っててね！　私からの義理チョコ！」

「……あはは。おう、楽しみにしてる」

大げさな身振り手振りとともに危うい言葉を投げるみみみに向けて、俺は無難な言葉だけを並べた。それは嘘《うそ》をついているわけでも、不誠実をぶつけているわけでもない。

ただ自分の中の優先順位を、大切にすると決めただけだった。

「うん。……楽しみにしててね」

そうしてみみみも、同じ距離の言葉を返してくれる。

自分の手のひらの上からこぼれてしまった相手とは、自分が責任を持てる範囲の言葉を交わすしかない。

俺はそのことを、ここ数か月で身に沁《し》みて理解していた。

と——そのとき。

「みみみ～！　どうしたのー？」

投げかけられた自然で明るい言葉の主は、他でもない日南葵《ひなみあおい》だ。

日南は不服そうな、けれどからかうような笑顔で俺とみみみを見ていて。たしかにそれは、こうして輪から抜け出して話している二人に対しては、自然な態度だった。

だけど。

「ふっふっふ～！　それは教えられません！」

「なにそれー？　じゃあさ……」

心を沼の底へ沈めてしまったくらいに途方もない、分厚く塗り固められた仮面の表情が、ぐにゃりと動く。

「――友崎《ともざき》くん、教えてよ！」

そこから放たれているのは本音とか、誠実とか、責任とか、そんなものは空っぽの言葉で。

日南がこうして俺の名前をいつもの調子で呼んできているという事実。

鈍色《にびいろ》の論理から放たれる意味のないコミュニケーションは、俺の心をどうしようもなく、冷たくさせた。

＊＊＊

その日の昼休み。

俺は学食でいつものグループに交じり、チョコの受け渡し会に参加している。八人という大所帯、奥の大きなテーブルを囲んでいるのは中村《なかむら》、水沢《みずさわ》、竹井《たけい》、俺に、女子勢は日南に泉《いずみ》にみみみにたまちゃんと、いつものメンバーが勢揃《せいぞろ》いといった風情《ふぜい》だ。既にみんな昼食は食べ終わり、これから受け渡し会本番が始まるらしい。

日南は俺の右斜め前に座っていて、浮かべている人なつっこい笑顔は、いつものパーフェクトヒロインで。そこにはただ、日南葵が座っていた。

「野郎ども、受け取れーぃ！」

目的のブツを手に入れた山賊みたいなことを叫びながらチョコを配っているのはもちろんみ

みみで、流れるように手渡された透明の袋からは星形っぽいチョコが透けて見えている。白と赤のマーブル模様を浮かべるそのチョコはゴツゴツとしたヒトデのような見た目をしているけど、実際なにを模しているのかはよくわからない。手作りであろうことはひしひしと伝わってくる。

ちなみに世間では友チョコというのか、みみみは男子だけでなく女子勢にもチョコを渡していた。これが多様性ってやつか。

「ああ？　んだこりゃ？」

眉《まゆ》をひそめながらバッサリと言うのは、凄《すご》みと迫力のある顔面を手に入れるのと引き換えにデリカシーの全てを失った男・中村《なかむら》だ。しかしみみみはそんな圧を意にも介さず「ふっふっふ、わからないかね？」とあご髭《ひげ》をなぞるジェスチャーをしながら不敵に笑っている。

ピンとこなかったのは俺と中村だけではなかったようで、日南《ひなみ》もきょとんとそれを見ていた。

「……ヒトデ？」

「ちがーう！」

みみみは楽しそうに笑っているけど、こういうので日南が予想を外すのは少し珍しい気がした。間違え方が俺と重なっているというのも、珍しさを加速させている。わざと外したのか、それとも素でわからなかったのかは判断がつかないが、どちらであろうと、きっと日南にとって大きな問題ではないのだろう。

そんななか、たまちゃんは笑顔でそのチョコを見ていた。

「ありがと！　これあれでしょ？　ハニワの」

さらりと言うと、みみみは嬉《うれ》しそうに、

「ご名答！　さすが私のたま！」

「こ、これが……？」

俺は疑問の声を漏《も》らす。ハニワということはみんなで一緒につけているあの謎《なぞ》のストラップということだろう。たしかに頭と腕と足でパーツが五つだし、パーツの数って意味では一致してるけど。

しかし周囲を見渡すと、意外と水沢《みずさわ》や泉《いずみ》もそれがあのストラップを模していることを理解できていたようで、泉は「ボーダーにするの難しかったんだね～」とかいろいろフォローしている。優しさの反射神経がすごい。

「はい、私はこれ！」

そしてその流れのまま、泉もみんなにチョコを配っていった。猫みたいなキャラが描かれた小さい袋がみんなに手渡され、竹井《たけい》はそれを受け取るやいなや、嬉しそうに開封する。

「おおー！　うまそうっしょー！」

竹井の手元を見ると、そこにあったのはしっとりとした黒いケーキ風のチョコレートだ。

「ガトーショコラ作ってみた！」

なるほど、これはガトーショコラと言うらしい。俺はそんな基礎から学びつつも、泉《いずみ》からチョコを受け取って「ありがと」と感謝を伝えた。

そこで日南《ひなみ》も「それじゃあ私も～」と言いつつ、笑顔で紙袋を取り出す。

「これ、すごい美味《おい》しいらしくて！」

取り出されたのはお洒落《しゃれ》なパッケージに身を包んだ、おそらく海外製と思われるチョコレートだ。そのパッケージを見て泉がわかりやすく目を輝かせる。

「あーっ！　これ美味しいらしいよね！　食べたかったやつー！」

テンションを上げて食いつく。みんなが手作りのなか一人だけ手作りじゃないことを意外に思ってしまったけど、まあ時間効率を重視したということになるんだろうか。このチョイスは日南として考え抜かれたもの、ということなのかもしれない。

「私、これ好き！」

たまちゃんも肯定的に言う。さすがは洋菓子屋の娘、食べたことがあるようだ。まあ本格的に家の手伝いを始めてみると言っていたし、こういう美味しいとされているチョコには詳しいのだろう。

けれど、日南がある程度有名な既製品のチョコをプレゼントに選んだ、という事実は少しだけ、俺に違和感を残していた。今回はそうならなかったけれど、ひょっとすると誰《だれ》かとかぶる可能性もあったように思えて、日南はその可能性を許容したということになる。

ともあれ日南は、一人一人にそのチョコを渡していった。

「はい、友崎《ともざき》くん！」

あれから第二被服室に現れず、俺との対話を拒否しつづけている日南が、ここではいつものように俺の名前を呼ぶ。俺が日南の不誠実や意図を暴き、半年以上二人で続けてきた関係に大きなヒビが入ったにもかかわらず、まるでそんな事実はなかったかのような。

そこに意味をもたせることを避けるような、透明な呼び名だ。

俺は日南がどんな気持ちでチョコを手渡しているのかわからず、

「……あ」

差し出されたチョコを受け取ろうとしたとき、力が入らずテーブルに落としてしまった。受け渡しに失敗したそれは、力なくぱたり、とテーブルに倒れ込んでしまう。

「ご、ごめん」

言いながらチョコを拾おうと手を伸ばしたとき、同じく手を伸ばした日南の指先と、俺の手が触れあった。

その指先は酷《ひど》く冷えていて、まるで血の通っていない機械のような。けれど爪《つめ》の先まで綺麗《きれい》に整えられているその指先は、誰よりも完璧《かんぺき》な人間で。俺は本能的に、その齟齬《そご》を不気味に感じてしまう。

先にチョコを拾い上げたのは、日南のほうだった。

「大丈夫？　割れてない？」

「……おう」

手渡しながら言う日南《ひなみ》に一体どんな声色で返事をすればいいのかわからず、俺は目を逸《そ》らし気味に、一本調子で言葉を返した。

どうしてLINEを無視して、第二被服室にも来てくれないんだ？　俺が突然この場でそんなことを言い出したら、一体どうなるだろうか。

俺は失った悲しみからか、おかしなことを考えてしまうけど、少し想像してすぐにやめた。だって俺は日南の生き方を否定したいわけでもなくて、それどころか人生というゲームに向き合うゲーマーとしては、尊敬すらしていて。

だから、日南が欲しがって、手に入れた結果のことは、尊重したかったのだ。

「わたしはね、じゃーん！」

俺の思考はかわいげを得たたまちゃんの明るい声によって現実に戻され、暗いところから引っ張り上げられる。そのときすでに日南の視線は俺以外のところに向けられていて、決して交わることはなかった。

「ええっ!?　たまのチョコめちゃくちゃ豪華だね!?」

「ふっふっふ、これでも洋菓子屋の娘だからね。もちろん手作りだよ」

「つまりこれは、私に向けた本命チョコということっ！」

そうして俺にとって初めての賑《にぎ》やかなバレンタインは――ある意味ではこれまで過ごしたバレンタインのなかでも、最も孤独な始まりを見せていた。

＊＊＊

そして、放課後。

俺は菊池《きくち》さんと一緒に下校し、いまは菊池さんの最寄り駅である北朝霞《きたあさか》駅近くの公園のベンチに、並んで座っている。

「は、はい、これ！」

そこで行われているのはもちろんチョコのお渡し会で、菊池さんからは青い袋を手渡されていた。

「あ、ありがと」

お昼に行われていたチョコ交換会とは違って、それが『本命』であることが確定していることのお渡し会は、なにやらそわそわするというか、絶妙にくすぐったくて。

ほかの『他者』よりも心を近い距離に置いておける菊池さんと一緒にいられる時間は、大切なものを失った孤独感を、暖めてくれるものだった。

思えば俺は、こうしてなにかを失ったとき、いつも菊池さんに助けられていた。

「がんばって、作ってみました……」

言われて、俺は一つのことに気がついていた。

「あ……」

「ど、どうしました？」

そう。それはこれまでの人生を振り返るまでもなく、当たり前のことではあったのだけど。

「俺、女の子から本命のチョコをもらったのって……生まれて初めてだ」

「っ!?」

菊池《きくち》さんはきゅっと身を縮めて俺を見上げる。俺は菊池さんと信頼しあえる関係を作っていくと決めたから、いま身を縮めたのは俺がキモかったからかもしれないとかはもう考えない。きっと照れてくれているのだろうと考えることができる。俺は強くなった。

「わ、わたしも！」

そして菊池さんは、そのチョコを両手でぐっと俺の胸に押しつけた。

「手作りしたのも……本命を誰《だれ》かに渡したのも、どっちも、生まれて初めてです……っ！」

「っ!?」

そして今度は菊池さんの言葉に俺がやられ、同じリアクションをしてしまう。けどここで俺も身を縮めて菊池さんを見上げてしまったらそれは自虐《じぎゃく》とかじゃなく実際にキツいので、ただ顔を熱くするだけで留《とど》めておいた。正確に言えば熱くしないようにしようとしてもそれはコ

ントロールできなかったからそうなった。

「えっと、それは嬉《うれ》しい……と言えばいいのかわからないけど……」

「わ、私は……嬉しいです、文也《ふみや》くんに、初めての本命をあげられて……」

「そ、そっか」

意味深に感じてしまう言葉に、俺の顔はさらに熱くなる。

なんというかこう、自分で話していて一生やってろ、と文句を言いたくなるようなやりとりをしてしまっているけど、しようと思ってやってるわけじゃないから許してほしい。いままで世にはびこるカップルを見ながら心のなかで毒づいてきたツケが回ってきている。

「……開けていい？」

「うん」

水色のリボンでくくられた白っぽい包みを開ける。バレンタインというと赤とかピンクとかハートのイメージが強いけど、そこで水色という寒色をチョイスするあたりが菊池《きくち》さんらしくて。ほかとは違う、自分の居場所がここにあるような気持ちにさせられて、俺はなんだか嬉しくなってしまう。

「おお！　……美味《おい》しそう」

中にあったのは、たっぷりの白い粉のようなものがかかった、菊池さんらしいチョコレートだ。手のひらサイズの包みに五つほど丸いチョコが入っていて、俺のためだけに手間をかけて作ってくれたのだと思うと、このチョコレートといまの時間が、より愛《いと》おしいものに感じられた。

「早速食べていい？」

「う、うん」

尋ねると、菊池さんはなぜか不安そうな顔で小さくうなずく。その表情に俺が首を傾《かし》げていると、

「あの……うまくできてるか不安で……」

菊池さんがそんなことを言っているあいだに、ならば、と俺はそれを一つパクリと口に入れてしまっていた。

「わわ!?」

驚く菊池さんの横で、チョコをゆっくり味わう。

しっとりとした食感のチョコに歯を入れると、中から少しほろ苦いソースが出てきて、外側の甘さと調和する。外にかかっていた粉は粉砂糖だったようで、中のソースの苦みやカカオの香ばしさと混じり合い、鼻腔《びこう》と舌をくすぐった。

「めちゃくちゃ美味《うま》い……」

「あ、ありがとうございます……」

俺はあんまりお世辞がうまいタイプじゃないから、これは混じりのない本音だ。ていうか菊池

さんから貰《もら》ったものはその時点で美味《おい》しく感じることが確定しているから心配はないとも言える。乾パンくらいまでなら美味しく食べる自信がある。

そうして俺はチョコをひとつ飲み込むと、袋についていた紐《ひも》を結びなおし、開け口を閉じた。

「ありがと。あとはゆっくり食べるね」

喜びを表現するためにもここですべて食べるべきか……？　と一瞬頭をよぎったけど、よほどの食いしん坊でもない限りここで五つ平らげるのは怖すぎるなと正しい判断ができたため、俺はカバンを開けて菊池《きくち》さんのチョコをしまいこみ、さっと立ち上がる。

そもそも、自分のしたいことでもないのに、相手を喜ばせたいためだけに行動するのは——それこそ、ただの処世になってしまうから。

「家の前まで送るよ」

「は、はい！」

そうして俺が立ち上がると、菊池さんの視線が斜め下に向いているのがわかった。

その先には俺のカバンがあって、俺は首を傾《かし》げる。さっき開けたとき、なにか妙なものでも入っていただろうか……と考えて、ふと気がついた。

「えーと、ごめん、気になった？　……チョコだよね、ほかの」

そう。俺のカバンにはいま、昼休みにみんなからもらったチョコが、いくつも入っていた。

これは付き合ってからわかったことだけど、菊池さんは俺がほかのクラスメイトと——主に異性と仲良くしているのを、思った以上に不安に感じてしまうらしい。けれど菊池さんは、俺が世界を広げる邪魔をしたくはないと何度も言ってくれていて、その狭間《はざま》で揺れているところを、これまで何度も見た。

「ご、ごめんなさい……」

肯定はしないものの否定もせず、ただ謝る菊池さん。きっと気持ちの上ではその不安を肯定したくて、理想の中では否定したいのだろう。解決するのが難しい矛盾《むじゅん》だったけど、そんなことをすぐに理解できるくらいには、二人の関係は前に進んでいた。

「ごめん。えーと、貰うのはいいとしても、せめて見えないようにとか、気を使うべきだった」

それは、個人主義を貫く範囲での、妥協案に近い言葉で。

菊池さんは少し迷った後で、俺を見上げて口を開く。

「ううん。……大丈夫です」

言うと、菊池さんは顔を俯《うつむ》かせ、すっと俺の隣に並んだ。

「っ！」

同時に俺の手のひらに、柔らかい感触が触れる。二人の手と手のあいだの距離は、二月のまだ肌寒い空気が挟まる余地すらなくなって、体温が寄り添い合う。

「こうしていいのは、私だけですもんね……？」

それはまた、言葉を使った魔法みたいなもので。

「……そうだね。これは、菊池《きくち》さんだけ」

俺も頷《うなず》いて、その手を握り返す。

状況自体は変わっていなくても、ただ違う角度から捉《とら》えなおすだけで、世界の見え方ががらりと変わる。

それは俺が菊池さんから——そして、もう一人から教えてもらった、大切なことだった。

きっと、関係や在り方を特別にするためには、この魔法が必要なんだろう。

だってこれだけで俺と、そしてたぶん菊池さんの心は、こんなにも満たされているのだから。

「……っ」

だけどそんなとき俺の頭に浮かんできたのは、今日の日南《ひなみ》の表情と、冷たいその指先だった。

あいつは自分の人生を使って、自分の正しさを証明しようとして。

それだけでは飽き足らず、俺という人間にキャラ変して、コントローラーを差し替えて。

その理論の再現性すら証明しようとした。

なのに——あいつは未《いま》だに分厚く冷たい仮面をかぶって、処世という名の論理を重ね、証明することを続けている。

それはつまり、あいつの空っぽは、失われたなにかは。

自分自身と、そして俺を使った証明では、満たすことができなかったということだ。

クラスで望むポジションを手に入れて、みんなに尊敬されて、好意を抱かれて。

そして俺の見た目を、喋《しゃべ》り方を、人との向き合い方までをすべて変えてみせて。

——菊池さんという、俺のことを本当に理解してくれる理想の彼女までを作らせておいて。

それでも日南の心がまだ、満たされていないのだとしたら。

一体、他になにを積み重ねれば、あいつの『正しさ』は満たされるのだろう？

「……友崎《ともざき》くん、どうしました？」

「ううん。……なんでもない」

そうして俺たちは話せない気持ちを残したまま、それでもたしかに手はつないだまま、菊池さんの家まで歩きはじめた。

＊＊＊

「あのあと……大丈夫でしたか？」

いつもの橋に差し掛かったころ、菊池さんが足を緩《ゆる》めてそんなことを言う。

「あのあと、って？」

半分その言葉の意味を察しながらも、それについて言葉で伝えることが怖い感覚があって、ついそのまま聞き返してしまう。

「えっと……日南さんと、なにもなかったのかな、って……」

俺から聞いた断片的な話と、アルシアを使った物語としての洞察。それだけで日南《ひなみ》の動機の核となる部分に迫ってみせた菊池《きくち》さん。

それは俺が真実に気がつくことができた大きなヒントにもなったけど、同時に取り返しのつかないものを、底から掬《すく》い上げてしまったようなものでもあって。

「……ええと」

だから、俺は迷ってしまった。

俺が日南に突き付けたあいつの行動の意図は、ある意味とてもグロテスクで、けれどある意味ではどうしようもないくらいに切実で。

それこそ『純混血とアイスクリーム』の血を持たない少女アルシアが、自分で自分を肯定するために、わかりやすい価値を追い求めていたのと同じように。

自分が自分として存在するための支えを渇望する、孤独な葛藤《かっとう》そのものだったから。

「菊池さんの言っていたとおり、さ」

俺から言うべきことは、これだけだと思った。

「日南は——アルシアだったよ」

この言葉だけで、そのほとんどを理解してくれるだろう。そして理解できない部分はきっと、日南葵《あおい》という人間の私的な部分だから、すべてを知る必要はない。そう思った。

「……そっか」

菊池さんは、目を伏せながら唇《くちびる》を噛《か》む。

「それじゃあ日南さんはまだ、ずっと、戦ってるんですね……」

「戦ってる……うん、そうだね」

それは、日南を表すのに妙にしっくりとくる言葉だった。

思いもしない言葉を並べて、他者との関係を、ただの道具のように扱って。

まるで繋《つな》がっていない心と心を、相手にだけは、繋がっているように見せかけて。

そうして生まれるのは取り返しようもない孤独のはずなのに、それでも正しさだけを選び取り、自分の支えにしている。

それを戦いと呼ばずして、なんと呼べばいいだろうか。

「今日もずっと……戦ってた」

同じ物語を共有している二人にはわかる、アルシアの在り方。

『私の知らない飛び方』。

『純混血とアイスクリーム』。

二つの物語に出てくるアルシアは、その生まれや育ちはそれぞれ違ったものの、自分のやりたいことを持たず、ただ世間で価値があると思われているものを手に入れることで、自分の価値を担保している、という点で共通していた。

アルシアは優秀で、聡明で、美しくて。

だけど、自分が本当に好きと思える芯《しん》のようなものや、自分の種族や在り方を決定づける血がないことに苦しみ、足掻《あが》き、戦いつづけていた。

ずっと――一人ぼっちで。

「あの……文也《ふみや》くん」

「……うん？」

そして、俺と菊池《きくち》さんにはもう一つ、共有している物語がある。

「日南《ひなみ》さんが――文也くんに人生ってゲームの攻略の仕方を教えているのは、まだ続いているんですか？」

そう。

俺と日南葵による、人生攻略の物語だ。

「……どうかな」

俺はその問いに答えることができなかった。

すべての行動に意味があるはずの日南。けれど、俺に人生の攻略法を教えるという、日南にとって一見なんの得もないことを続けていたという事実。その矛盾《むじゅん》を菊池さんに問われ、考え、そしてたどり着いた真実をあいつに告げてから。その答え合わせができてから。

俺はまだ一度も、日南と話すことはできていない。

「もしかしたら、終わっちゃったのかもしれない」

「……え」

俺の言葉に、菊池さんは血相を変えた。

「ど、どうして……文也くんにとって、大切な関係、だったんですよね？」

「……そうなんだけどさ」

「ごめんなさい、私が余計なことを——」

「いや、違うよ」

自責する菊池さんの言葉を遮《さえぎ》る。けどそれは、ただ菊池さんに気を使ったわけではない。

「いつかは、確かめなくちゃいけなかったんだ」

俺も、それを望んでいた。

ずっと、疑問に思っていた。

「関係を続けようと思ったら、いつか……踏み込まないといけなかった」

個人主義であるはずの俺だけど。

それでも日南に対してだけは、個人の範囲を超えたそのラインに、踏み込みたかった。

それはきっと、菊池さんに言われたからではなく、心のなかにずっと揺蕩《たゆた》っていた感情で。

「友崎《ともざき》くんは、日南さんの世界を……変えたいんですもんね」

どこか寂《さび》しく言う。それは俺が第二被服室で、菊池《きくち》さんに告げた思いだった。菊池さんとも結局、俺が抱《かか》える壁を越えることはまだ、できていなくて。これから責任を預け合えるような関係になれることを目指して、進んでいる最中でしかなかった。

だけど、俺にとっての日南《ひなみ》はそうではないことを、菊池さんは知っていた。

「……うん。……だけど」

菊池さんの真《ま》っ直《す》ぐな目に問われて、日南の本当の意図をもう一度、思い返して。

そして、ここ数日の日南との対話を思い出して。

「俺は本当に、そうしたいのかな……」

俺のなかには、一つの迷いが生まれていた。

「……それって」

だんだんと、わからなくなっていたのだ。

「俺はあいつに、思ったことを伝えて……そしたら日南は否定しなくて。さすがに怒ったでしょうね、って悲しい顔をして、部屋から出ていって」

それはもう二週間も前の出来事だったけど、そのときの冷たく寂しい声は、鮮明に耳に残っていた。

「LINEを送っても返信がないし、みんなで一緒にいるときに日南は、まるでなにもなかったみたいに、俺と接してきてさ……」

もしかしたら俺は、そのことこそが本当に、悲しかったのかもしれない。

「俺はいま、拒絶されてるんだ」

少し、言葉が強かったかもしれない。けど事実、心はそう感じていた。

「そう……ですか」

菊池さんはじっと、潤《うる》んだような瞳《ひとみ》を俺に向ける。

そのとき俺の頭には、夏休みのことが思い出されていた。

思えば俺は、あのときも日南に拒絶されて。

そして菊池さんの言葉に勇気を貰《もら》って、もう一度日南に会いにいった。

「ごめん、また弱音を吐いた。……もう少しだけ考えて、答えを出してみる」

俺はそんなことをまた、今度は自分の恋人に、背負わすわけにはいかなかったから。この問題は自分で背負うことを選んだ。

「……わかりました」

菊池さんは、寂しく、どこか諦《あきら》めたように頷《うなず》く。

「どうするんだとしても――私は友崎《ともざき》くんのこと、応援してます」

「うん……ありがとう」

そうして俺は、自分の伝えるべきことをすべて伝えた上で、菊池《きくち》さんの手を握っている。

日南葵《ひなみあおい》の特別性を、否定することはできなかったけど。

女の子として好きな人で、俺の恋人で、多くの時間を過ごしたいのは、菊池さんだったから。

そんなことを確認し合っていた矢先に飛び込んできたのは——思いもよらぬ知らせだった。

＊＊＊

「日南の誕生日？」

翌日の放課後。

チョコお渡し会のメンバーから日南を抜いた七人で集まっていた場で俺は、みみみから意外な言葉を聞かされていた。

「そうそう！　お祝いするぞー！」

「やるよなぁ!?」

拳《こぶし》を突き上げながら言うみみみと竹井《たけい》に、みんなもうんうんと頷《うなず》く。来たる三月の十九日が日南の誕生日らしく、お祝いしようと場が盛り上がっていたのだ。ちなみにその本人は今日は生徒会に駆り出されていて、その隙《すき》に話し合いをしていた。

「来月だったのか、日南の誕生日って」

「そうだな。ていうか文也《ふみや》は知らなかったんだな、ちょーっと意外」

「意外って……」

いろんな意味を込めて言っていそうな水沢《みずさわ》に俺は少したじろぐ。

そもそも日南と誕生日がどうのっていう話をしたことがないし、仮にお互いに知ってたところで当日に形式として学校で祝われることはあっても、個人でなにかメッセージが届くような関係ではなかっただろう。

「えーっと」

どう答えるか迷いつつ、俺は正直に話すことにした。

「俺も知らないし、日南も俺の誕生日知らないと思う……」

すると、泉《いずみ》は驚いたように目を丸くした。

「へー！　葵って、クラスメイトの誕生日はほとんど全員祝ってるものかと思ってた！」

「いやどんなイメージだよ……って日南の場合は言えないんだよな……」

「あはは。それね！」

クラスメイト誰《だれ》か一人の誕生日を祝っていない、というだけで意外だと思われてしまう日南葵。常識の範囲でも普通とは言えないだろうけど、それでもなにも知らなければ『めちゃくちゃマメな人である』としか思えないだろうし、もっと踏み込んでも『人に好かれるための計算がすごい』と揶揄《やゆ》するくらいが関の山だろう。

その一つ一つがすべて『証明』だったのだと知ったら、みんなはこれまで過ごしてきた時間を、どう思うだろうか。

「そこでワタクシ七海《ななみ》みなみは一つ、やりたいことがあるわけですよ！」

「やりたいこと？」

俺がその言葉を繰り返すと、みみみは跳ねるような口調でこう宣言した。

「ずばり——サプライズパーティっ！」

「ほお……」

サプライズパーティ。俺はあまりに『陽』属性が強すぎる単語に軽く眩暈《めまい》を覚えつつも、その言葉になにか、本能的に可能性を感じてもいた。

そこで目を輝かせたのは泉《いずみ》だ。

「それ、めっちゃいい！　そしたらさ！　私からも一つ提案！」

「提案？」

みみみが聞き返すと、

「みんなでさ、泊まりの旅行とか行かない!?」

「おお！」

「最高だよなぁ!?」

　みみに続き、楽しそうなことには全乗っかりの竹井《たけい》が声をあげる。泊まり、ハンバーグ、カブトムシあたりの単語にはとりあえず反応するのが竹井という生き物だから、竹井を懐柔するのは実に簡単だ。

　しかし、リアリストの水沢《みずさわ》は少し難しい表情をしていた。

「気持ちはわかるけど……もう受験まで一年切っただろ？　そんなことしてる余裕あるか？」

「う、まあそうだけど……」と泉が怯《ひる》む。

　たしかにいまは二年の三学期。もうクラスも先生たちも、すっかり受験ムードだ。

「それが厳しそうだから、記念ってことで夏休みに合宿行ったわけだしな」

　言われてしゅんとする泉は、しかしその数秒後にゆっくりと顔を上げた。

「けどさ。……私みんなにお返しできてないし」

「お返し？」

　水沢が繰り返すと、泉は頷《うなず》いた。

「夏休みの合宿、すごい楽しかったじゃん？　けどそれよりも、みんなが私たちのために計画してくれたってことが、私嬉《うれ》しくて……」

　なんの衒《てら》いもないその純粋な言葉に、空気がじんわりと暖かい方向へ変わっていく。その隣では、中村《なかむら》も遠慮気味にではあるが、小さくうなずいていた。

「あのときは私らがしてもらってばっかりだったからさ！　私も誰《だれ》かに喜んでもらえるようなことしたいなー、って……」

「まあ、そう言われると……」

感情がこもった言葉に、水沢《みずさわ》も迷いを見せはじめる。こういうある意味『空気の操作』とも呼べることを天然でやっているのが、泉《いずみ》のすごいところなのだろう。計算で処世するのではなく、本音と感情で人を動かす『キャラクター』的な生き方で、きっとそれは、あいつとは真逆だ。

ちなみにその合宿にいなかったたまちゃんもいまここにいるが、まったく気にする素振《そぶ》りを見せていない。さすがは芯《しん》の強い女。

と、そのとき。

「まー――いいだろ。一日二日くらい」

誰に視線を合わせるわけでもなく、強い口調で言い切ったのは中村だった。

「この中で、あいつに世話になってないやつなんて、いないだろ？」

ただ自分の意見を言っているだけなのに「異論ないよな？」と言わんばかりの圧すら感じる言葉。強い。

実際、そこには誰の異論もなかった。

「ははは。たしかにそーかもな」

白旗を揚げるように、けどどこかそうあってほしかったように、水沢が言う。

「うん。私もそう思う」

これまで言葉数の少なかったたまちゃんだったけど、こういうときには率先して真《ま》っ直《す》ぐに、自分の意見を表明してみせる。そのあたりがやっぱり、たまちゃんだった。

そうしてこの場の意見が一つにまとまっていくなかで、思いもよらないことを言ったのは、みみみだった。

「たしかに！　——なんかさ。最近葵《あおい》、元気がないように見えるし、ここらで一発励《はげ》ましたいよね！」

「え？」

俺はその言葉に、驚いてしまっていた。

それだけではない。

「あ、私も思ってた！　ちょっと疲れ気味だよね。葵、最近忙しいのかな？」

「だな。まーあいつにもいろいろあんだろーな」

泉と水沢も頷《うなず》き、次々と同意が示されていく。

「……日南《ひなみ》が、元気ないって？」

思わず俺は聞き返す。といってもそれは、日南が元気がないということにピンとこなかったから、というわけではない。

むしろ、ここ最近の日南《ひなみ》の様子は、俺も少しだけおかしいと思っていた。みみみのハニワに気づけなかったり、手作りのチョコではなく既製品を持ってきていたり。解釈のしようによっては、それは俺にも捕捉《ほそく》できていた。

けどそれは、俺が日南とあんなことがあって、一方的に俺の日南への見方が変わっていたから感じたくらいの、ある種の思い過ごしくらいに思っていた。

そのことに、俺以外が気づいている。

「ブレーンは気づきませんか!? ちょっと上《うわ》の空だったり、なんか詰めが甘かったり……」

「うん。わかる。こないだも……」

そんな感じで次々とみんなが、日南の様子について語り合う。そこには俺が思いもしなかったことすら含まれていて、俺はその光景に、目を奪われてしまう。

みんなが気づいた違和感は、おそらく日南が意図的に見せているものではない。

それはきっと、仮面の内側にある本当の姿で。

「あいつ、そういうこと、なかなか俺らに相談しねーからな」

「もっと頼ってほしいよなぁ!?」

どうしてだろう——俺はそのことが、妙に眩《まぶ》しく感じられていた。

「私らが葵《あおい》になんか返せるとしたら、誕生日くらいだもんね!」

みみみもうんうんと頷《うなず》く。

「じゃあさ！　みんなでプレゼントとか選ぼっか？」

泉《いずみ》がワクワクした口調で言うと、水沢《みずさわ》は明るい表情で頷いた。

「いいな。けど、みんなで一つだけってのは寂《さび》しい気はするな」

次々と、日南を喜ばせるためのアイデアが飛び交いはじめる。

「それぞれ一個ずつ、っていうのもちょっと多いよな」

「じゃあ三つくらい用意するとか？」

中村《なかむら》の言葉にたまちゃんが反応する。これまでウマの合わなかった二人すら、同じ目的に向けて、言葉を交わしていて。それぞれが自分の意志を持って日南を気遣い、元気づけようとしていた。

そのとき、みみみが頭の上にピコーンと電球を灯《とも》らせながら口を開く。

「じゃあさ！　三チームくらいに分けてサプライズの準備するっていうのは!?」

「あ、それいいかもな。対抗戦みたいになりそうで」

水沢が素早く理解し、頷く。

「対抗戦!?　それ、めちゃくちゃ燃えるよなぁ!?」

対抗戦、カレーパン、特盛り無料などの言葉に自動で反応する習性を持っている竹井《たけい》も、声をあげた。

「いいじゃんそれ！　どのチームが葵《あおい》を一番喜ばせられるか、ってことでしょ!?」

泉《いずみ》も無邪気に声を弾ませる。

そして、水沢《みずさわ》がなるほど、と笑って、この話を一つの言葉にまとめた。


「つまり――日南《ひなみ》葵・喜ばせ選手権ってわけだ」


「おおー！」

と、みんながその言葉に盛り上がる。

俺はみんなの姿を、呆然《ぼうぜん》と眺めていた。

なんというか、自分は考えすぎていたのかもしれない、と思わされたのだ。

日南の本音を知って、他者との関係を使って自分を証明することしかできない日南に疑問や違和感、そして寂《さび》しさを感じはじめて。どうしてそんなふうになってしまったんだろうとか、どうしたらそれをやめさせることができるんだろうとか、そんなことを考えていた。

けど、いまみんなが考えているのはただ「日南葵がなにに喜ぶか」。

それだけだった。

「……はは」

笑いが漏《も》れ、俺はいつのまにかこの場の空気に呑《の》まれていた。

「たしかに、そうだった」

気づけば、頷《うなず》いていた。

空気とはその場で成立する善悪の基準、と日南葵は言った。

その定義で言うのなら、俺はいま、ただ流されているだけなのかもしれない。——けど。

「やろう。日南を喜ばせるために。……バースデーパーティ」

俺は最後の判を押すように、みんなに言う。妙に力のこもった声と表情に、みんなは少しだけ怪訝《けげん》な表情で俺を見た。

だから俺は、日南に貰《もら》ったスキルを使って。表情と声色を使って。

「俺、やりたい。あいつを喜ばせるために」

自信を持って、言い切った。

そりゃあ、日南の真意を知らない、日南の友達だから、日南が喜ぶことを考えるのは、ある意味では当たり前とも言える。

だけど、そんなシンプルな好意こそが。真実など関係なく突っ走る愚直さこそが。

あいつのことを考える上では、重要なのかもしれない。

俺はそのことを、忘れていたのだ。

「どうした？　文也《ふみや》」

俺がよっぽど変な顔をしていたのか、それとも水沢の勘が鋭すぎるのか、水沢が俺にだけ聞

こえるよう言う。俺はそちらへ向き直り、

「……俺ってさ。日南《ひなみ》のこと、考えてるようで考えられてなかったのかもしれないな、って」

水沢《みずさわ》はふーん、と言いつつ眉《まゆ》を上げると、にっと本音を見透かすように笑う。

「人間、大切なものに対しては、冷静じゃいられなくなるもんだからな」

そんなふうに言ってのける水沢の表情は、頼りがいがあるけど憎たらしくて。けどどうしてだろうか、どこかいつもと違って、好戦的でもあった。


俺のやりたいことの一つは——日南葵《あおい》に人生の楽しさを教えることだった。

だったら俺は、日南の仮面の向こう側を知ろうとするよりも。暴こうとするよりも。

まずは——いまのあいつを喜ばせることへ、本気で向き合ってみよう。

それがいま俺が抱《かか》えている迷いを解決する、手がかりになるかもしれない。

「よーっし！　それじゃあ葵の笑顔を引き出すぞー！」

そんなふうに拳《こぶし》を突き上げるみみみに乗っかり、七人が同じように、拳を突き上げた。

2　真逆の属性のキャラがパーティにいると、新しい必殺技が使えたりする

次の日の休み時間。

教室で次の時間の準備をしながら柏崎《かしわざき》さんたちと喋《しゃべ》っている日南《ひなみ》のことを、泉《いずみ》が体を硬くしながら、じっと見ている。そしてそんな泉のことを、俺たち六人が見守っている。

「葵《あおい》〜！」

少しだけ緊張の色を見せながら日南のもとへ向かった泉のことを、俺たちは談笑しているふりをしながら応援していた。

日南葵のバースデーパーティ。それを成功させるためにはまず大前提として、日南を泊まりの旅行に連れていく必要がある。けれど水沢《みずさわ》も言っていたとおり、いまは時期も時期で受験が近い。まあ仮面をかぶった日南のことだから、無慈悲にバッサリと断るなんてことはないだろうけど、代案を出しつつもやんわりと断られる可能性は十分にあった。

では誰《だれ》が日南を誘うべきか……という話になったとき、まずはこの辺を上手《うま》くやれそうな水沢に頼むべきという話にもなったけど、こと日南相手に限っては——

『いや、水沢のうさんくささが仇《あだ》になりそうだから、泉が誘ったほうがいいんじゃないか？』

『へえ？　文也《ふみや》も言うようになったな？』

というわけで、恩返ししたいというモチベーションがある純粋な泉にお願いすることになり——いま、泉が明らかに緊張しながら日南を説得している。

「——ってことなんだけど、どうかな!?」

ちなみに作戦としては、誕生日当日のお誘いというバレバレなタイミングのため、誕生日を祝うということ自体は隠さない方針にしている。けど、そこでなにをして祝うか、三チームに分かれて日南を喜ばせるために策を練っていることなどは内緒にして、その内容でめちゃくちゃ喜ばせてやろう、という作戦だった。

「えーと……」

当初の予想通り、日南はなにやら遠慮気味な表情をしている。ちなみに俺たちは教室の隅で談笑しているふりをしながら二人の様子をちらちら窺《うかが》っているのだけど、間違いなくその視線にも日南は気づいているだろう。

「けど、みんなの貴重な時間を私のために使わせるのって……」

本当にそれが理由なのかはわからないけれど、日南は一旦《いったん》は遠慮した。

けれど、もちろん泉は引き下がらない。

「私たちがお祝いしたいの！　だから、お願い！」

「や、なんで私がお願いされてるの……」

泉《いずみ》が手を合わせて頭を下げて、日南《ひなみ》が困惑している。お祝いする側が頭を下げて付き合ってもらう、というちょっと妙な状況になっているけど、そこが泉らしさだと言えるだろう。なにせ泉に論理は通用しないのだ。

「いっつも葵《あおい》にしてもらってばっかりで、だから――」

「う……」

あまりに純粋かつ感情論の泉の言葉に、理論武装の鬼、日南の遠慮は通用しない。

そうして何度かの押し問答の末――。

「わ、わかった！　そこまでいうなら、お祝いされることにする！　……ってどんなセリフなのこれ？」

おどけた口調で日南が言った。

「やったーありがとー！　じゃあ、楽しみに待ってて！　あ、行く場所とかはまた連絡するけど、プランの詳細は秘密だから！　サプライズ！」

ウインクをしながら茶目っ気たっぷりに言う。サプライズと言ったらサプライズじゃなくなるのでは……と思ったけど細かいことはいい。ともあれ、日南を誘うことに成功したのだから大金星だ。

そうして泉はそそくさとこちらへ合流して、「よくやった！」という雰囲気《ふんいき》で泉を迎える俺たちを、日南は呆《あき》れたように笑いながら見ている。

それは子供のいたずらの成功を、呆れながら見る親のようで。その隙《すき》のある表情すらも、単なる証明の一部でしかないのだろうけど、いまはそれでいい。

この旅行でその奥の、本当の笑顔を引き出せるのであれば、それでいいのだ。

＊＊＊

そんなわけで日南を抜いた旅行メンバーは、放課後にファミレスへ集まっていた。ちなみに今日は堂々と、「サプライズの準備なので！」と日南には来ないよう言ってある。これならサプライズは上手《うま》くいきそうだ。

「よーっし！　チーム分けはこんな感じだね！」

みみみは手帳にペンで書いた一覧を見せながら言う。なにやらいたるところに変なゆるいキャラクターが書かれているけど、レイアウト自体は見やすいのがさすがは選挙を経たみみみだと言えるだろう。あのときの公約からは見違えるようだ。

三チームに分かれて日南を喜ばせる対抗戦。チーム分けは無難にみみみ・たまちゃんというつものペア、中村《なかむら》・泉のカップルペア、そして俺・水沢《みずさわ》のなんか最近仲いいペアとなり、話が進んでいる。

「うん、いい感じだと思う！」

たまちゃんが頷《うなず》くと、

「待って待って！　俺が余ってるよなぁ!?」

「あ、忘れてた」

「ひどいよなぁ!?」

ついにグループ新入りのたまちゃんまでが竹井《たけい》のことをいじりはじめている。ドンマイ竹井。どんどん攻めていいぞたまちゃん。

「……へへ」

しかしよくよく見ると、たまちゃんにいじられた竹井はめちゃくちゃデレデレとした笑みを浮かべていた。ちょっと待ってそうだった、竹井は前たまちゃんがタイプだって言ってたんだった。前言撤回、たまちゃん逃げて。

「えーと、じゃあ……竹井は入りたいチームってある？」

と俺が一応確認してみると、竹井は欲望のままに、

「たまのとこに入りたいよなぁ！」

「ＯＫ、それじゃあ竹井は俺たちチームで」

「ええー!?」

そんな感じで俺がたまちゃんを竹井の魔の手から守ると、みみみが俺に向けて親指を立てて

くる。なるほど、たまちゃんを守る会として利害が一致しているらしい。

「それはいいけどさ。文也《ふみや》、菊池《きくち》さんは置いてってていいのか？」

「あー……」

水沢《みずさわ》の疑問に、言葉を濁《にご》らせる。

実は俺もそこは少しだけ、気になっていた。

「たぶん、心配はされるんだよな……」

俺は菊池さんと話して、お互いにお互いの行動を制限するようなことはしないと決めた。菊池さんも俺にはポポルでいてほしいと言っていたし、俺も自分がポポル——つまり、自分を変化させて、世界を広げていく存在であることは、自分にとって大切なことだった。

だけど、バレンタインチョコを見ただけでも、どこか不安を感じてしまう菊池さん。団体とはいえ、彼氏が男女混合で泊まりに行くのは、気持ちのいいことではないだろう。

それに、そこには日南《ひなみ》もいるのだ。

「もし来たがるなら呼んであげたいって気持ちはあるんだけど……」

「だけど？」とみみみが先をうながす。

俺は少しだけ迷いつつ、旅行中に自分が菊池さんと一緒にいる姿を想像して、

「カップルがこういう場に交ざるのって、空気読めてない感じしないか……？」

心配を口にすると、斜め方向からなにか気配を感じた。視線を向けると、そこには悲しい表

情でこちらを見つめる泉《いずみ》がいた。……あ。

「友崎《ともざき》、そんな風に思ってたの……?」

泉はちらちらと中村《なかむら》のほうを見ていて、すごく申し訳なさそうにしている。まずい、これは完全にやっちまっている。

「い、いや! そうじゃなくて! ほら、菊池《きくち》さんは普段このグループにいないからというか、なんというか……」

「……うん」

「普段泉たちに思ってるとかはなくて、ホントに!」

俺がしどろもどろすぎて逆に怪しい口調で弁明していると、

「俺らも、別に気にしねーよ」

低い声で断言したのは、中村だった。

「菊池が来たいっていうなら、別に気にしねーよ。っていうか、あとでそういうのが原因で別れたって言われるほうが、気分悪りぃから」

「中村……」

ぶっきらぼうだけど、どこか思いやりを感じる提案。っていうか中村って、泉と付き合い始めてからちょっと丸くなったような気がするんだよな。恋は人を変えるってやつか。

「あと、菊池って最近優鈴《ゆず》と仲良くしてんだろ?」

「うん、してるよ！」

初詣《はつもうで》のときにバッタリ会って以降、なんだかんだ交流は続いているようだった。少なくとも、あのとき菊池さんが教室を飛び出していってからすぐに泉から電話がかかってきたということは、そういう大事な話を共有するくらいには信頼関係があるってことになる。

「だったらなんとかなるだろ。グループがどうとか気にしないでも」

「……そうか」

それはなんというか、俺への思いやりとも泉への信用とも取れる言葉で。俺が少し心を動かされていると、なぜかそれを見ているみみみが大げさにうるうるとしていた。

「ううっ！　これが美しい男の友情！　ワタクシ七海《ななみ》みなみ、感動しております！」

「友情とかじゃねーから」

「そのツンツン具合が、逆にいいっ！」

「はあ？」

中村相手にもいつもの調子のみみみは、やがて気を取り直して、俺に微笑《ほほえ》みかけた。

「けど、私もなかむーに同意だよ！　菊池さんも、誘ってみなよ。かわいい女の子が増えるのは、むしろ大歓迎っ！」

にっと笑い、やがてその笑みは少しだけ、落ち着いたものへと変化した。

「それに……私も二人には長続きしてほしいって、思ってるからさ」

その言葉はきっとみみみの強さでもあって。

だけどもしかしたら、弱さでもあって。

「……わかった」

だから俺はまた、ただ無難な言葉を返すことしかできなかった。

「わたしも演劇でお世話になったし、ちゃんと話したいと思ってた！」

そう言ってくれたのは、演劇で主役を張ったたまちゃんだ。

「修二《しゅうじ》も言うとおり、恋愛話とかいろいろして友達になったし大丈夫！」

泉《いずみ》もうんうん、と頷《うなず》きながら言ってくれる。一体なにを話されているかは考えないようにしよう。

「仲良くなってみたいよなぁ!?」

竹井《たけい》は理由もない感情で主張していて、むしろ安心感がすごかった。

「……みんなありがと、誘ってみるよ」

言うと、みんなは安心したように笑った。

そこでふと、水沢《みずさわ》が気がついたように口を開いた。

「あ。けど風香《ふうか》ちゃんが来たら、チームはもちろん俺と文也《ふみや》と竹井のチームになるから……人数おかしくなるよな」

言われてみて俺も気がつく。いま俺のチームに菊池《きくち》さんが加わると、うちのチームだけが四人、ということになる。

「たしかにな」

中村《なかむら》が相槌《あいづち》を打つと、水沢はにっと笑った。

「――ってことで竹井はやっぱ、修二チームってことで」

「あ、やっぱ俺、菊池が来るの気にするかも」

「修二!?　ひどいよなぁ!?」

悲しむ竹井を横目に、方向性は固まっていくのだった。

＊＊＊

その日の夜。自分の部屋。

「――っていう話になったんだけど……どうかな?」

俺は菊池さんとテレビ電話をつなぎ、みんなと話し合ったことを伝えると、菊池さんは少し迷ったように視線をさまよわせた。

『けど……私が行ってもいいのでしょうか……』

不安そうに言う菊池さんに、俺は頷く。

「みんなも、来ていいって言ってたよ。仲良くなってみたいって」

俺は無意識に竹井《たけい》の意見を代表して伝えてしまったことを反省しつつ返答を待つが、菊池《きくち》さんの表情は浮かないままだ。

『……そう、ですか』

その反応を見て、俺は迷う。ただ遠慮している、というふうにも見えなかった。ひょっとすると菊池さんは、その場に行くことに抵抗があるのかもしれない。

「えっと、無理に言ってるわけじゃないよ。もし菊池さんが来たいなら、歓迎するよってだけだからさ」

『うん。ありがとうございます』

そして俺は、菊池さんの書いた物語を思い出しながら。

「それこそ……あそこは炎人の湖とはちょっと違うってことなら、それで大丈夫」

二人の共通言語を使うと、菊池さんは少しだけ迷って、

『えっと……それじゃあ、私もお邪魔していいですか？』

その言葉に、俺の気持ちはぱあっと明るくなった。

「ほんと!?　みんなに伝えとく！」

『うん』

ただ、少しだけ気になることもあった。いまの流れってなんというか、ちょっと無理やりだったような気もする、というか。

「もし、やっぱり怖いってなったら、いつでも言ってくれていいからね」

言い添えると、菊池さんは自分の気持ちを確かめるように、自分の手のひらを見つめた。

『はい。……たしかに、ちょっぴり怖い気持ちはあって』

そして、じっと前を向く。

『でも、私もちょっと、冒険してみたい気持ちになったんです』

「……冒険」

言葉を繰り返すと、菊池さんは「えっとね」と照れたように笑う。

『誰《だれ》とでも友達になりたいというわけじゃないですけど……文也《ふみや》くんの友達だから』

信用するように言うと、落ちついた表情でくすりと笑った。

『そんなふうに人を喜ばせるなんてことをする人たちが悪い人なわけないですし、ね』

「あはは。それは、俺もそう思う」

菊池さんは微笑《ほほえ》むと、また少し真剣な表情で。

『日南《ひなみ》さんの、ためなんですよね？』

俺はその言葉にいくつもの意味があるように感じられたけど、

「……そうだね」

ただ短く、素直に答えた。

菊池さんは小さく頷《うなず》いて、ふっと息を吐く。

『私、少しだけ後悔してたんです。劇を作る上で、小説を作る上で、日南《ひなみ》さんに踏み込みすぎてしまったなって。だから謝らないと、償わないと、って思ってたんです。ひょっとすると償おうとすることすら、罪悪感をなくしたいだけの、わがままかもしれないけど……』

そして菊池《きくち》さんは、想像の世界を広げるように。

『私が思うアルシアのことを……次は、日南さんが喜ぶことのために、使いたいなって』

それは、みんなの話を聞いて辿《たど》りついた、俺の結論に似ていて。

「うん。俺も、それがしたいと思ってた」

頷《うなず》くと、まっすぐ前を向いた。

こうして恋人同士で同じ目的に向けて進むということ。

その対象は日南葵《あおい》という、俺にとってもう一人の大切な人に向けてではあったけれど。

目的を共有して先に進もうとする時間はきっと、この二人の関係を特別にするための、足がかりにもなる気がしていて。

『それじゃあ、よろしくお願いします。文也《ふみや》くん』

そうして日南喜ばせ選手権に、とても心強い味方が参加するのだった。

＊＊＊

「こ、こんにちは！」

数日後の休日。俺は菊池さんを連れて、大宮《おおみや》に来ていた。

しかし、いま菊池さんが挨拶《あいさつ》しているのは、俺に対してじゃない。

「よ、よろしくお願いします！」

「はーい。よろしく」

まめの木の前で待っていたのは水沢《みずさわ》で、俺たちが到着すると眉《まゆ》をくいっと上げながら挨拶し、自然に菊池さんへ微笑《ほほえ》みかけた。

そう。日南葵・喜ばせ選手権の友崎《ともざき》水沢チームに菊池さんも加わったということで、今日はその顔合わせと会議を行うことになっているのだ。

「ちゃんと話したのは……たまのとき以来だっけ」

たまちゃんがクラスで孤立し、どうにか対処しようと試行錯誤していたとき。水沢と菊池さんからも多くのヒントをもらった。

「あ、あのときはお世話になりました！」

ぺこりと深くお辞儀する菊池さんの体はガチガチに固まってしまっている。失礼のないようにという律儀さがこれでもかと伝わってきた。

「ははは！　まあ力抜いて。風香《ふうか》ちゃんのことは、取って食ったりしないから」

「ほかは食うのかおい」

相変わらず飄々《ひょうひょう》と軽薄なことを言ってみせる水沢《みずさわ》に突っ込みつつ、俺は菊池《きくち》さんと一緒に水沢に並ぶ。

「えーと、じゃあ適当に喫茶店とかでもいくか？」

俺がおそらくは無難であろう提案をすると、水沢はそうだな、と頷《うなず》きつつ。

「あ、じゃあさ、俺行きたいところあるんだけどいいか？」

「うん？　ああ、わかった」

と、なぜか水沢はちょっとにやりと笑っているけれど、まあこういうときは水沢にまかせておいたら問題ないだろう。

——と思っていた結果、連れていかれた場所で、俺は頭を抱《かか》えるのだった。

＊＊＊

「いらっしゃいま……って、友崎《ともざき》さんと水沢さん!?」

三人で乗り込んだエレベーターが開いて現れた店内。そこで驚きの声をあげたのは、レジに立っているぐみちゃんだった。

そう。行きたいところがあるだのなんだの言われて連れられてきたここは、俺と水沢のバイト先であるカラオケセブンスだ。

「おい水沢、これは一体どういうつもりだ」

「そうですよ水沢さん！　これはどういうつもりですか！」

「いや、ぐみのそのリアクションはおかしいだろ」

「あ、バレました？　適当に合わせました」

相変わらずぐにゃぐにゃした口調で適当な内容を話すぐみちゃんは、よく見ると絶妙にバレない感じで壁に体重を預けていて、その手の抜き方はもはや達人の域だ。

水沢はそんなぐみちゃんを見つつ、俺の耳元で企《たくら》むように、

「そろそろ紹介しないとな？　お前の彼女のこと」

「っ⁉」

そしてふっとレジカウンターの前へ歩いて行った。

「ちょっと一部屋使っていいか？　あと、フードおまけ頼む」

「いいですけど、揚げ物限定でお願いします！　丼《どん》ものとかは工数多いんでダメです」

「あー、わかったわかった」

受付を済ませながら、そんな会話をする二人。まあこれだけならいつものバイトメンバーの光景って感じなんだけど、水沢の企みのせいで俺はそれどころではない。

「えーと……ぐみちゃん、おつかれ」

いつまでも引っ込んでいるわけにはいかないため、挨拶《あいさつ》しながらレジの前まで歩くと、俺の

後ろから菊池《きくち》さんがひょっこりと顔を出した。

「こ、こんにちは……」

「こんにちは……って、めちゃくちゃかわいい女の子だ!?」

ぐみちゃんは驚きで壁から体重を解放し、ぐいっとレジ越しにこちらへ身を乗り出してきた。つまり、体重が流れるようにレジ前のカウンターに移動されたことになる。さすがの体捌《たいさば》きである。

「どっちですか!? どっちの女ですか!?」

「あのな……」

「はっ……まさか、両方の!?」

「治安悪いこと言ってんじゃねーよ」

遠慮なくズバズバと言いたいことを言うぐみちゃんを、水沢《みずさわ》がコツンと小突く。しかしぐみちゃんは軟体動物のため、物理ダメージは吸収されてしまった。後半のボスのような性能だ。

水沢はそのまま俺を見て、こんなことを言う。

「──どっちの女ですか? だってよ」

「あー……」

水沢はまた明らかにニヤニヤしていて、こいつは本当にこういうところがある。完全に俺で遊んでいる。俺が助けを求めるように菊池さんを見ると、

「……！」

なんと菊池さんも俺が紹介してくれるのをちょっと楽しみに待ってる感じの顔をしていた。そうだった、菊池さんもこういうところがあるんだった。これはまずい、二人が合わさるところの上なく厄介だ。

「友崎《ともざき》さん、どうなんですか！　早く、私が立っていられるうちに！」

なんかめちゃくちゃな条件で要求されてるけど、たしかに見るとぐみちゃんはいまどこにも体重を預けずに、自分の足で立っている。これはレアだ。立っていられるうちに言わなかったらどうなってしまうのかも気になったけど、まあ言わない理由もないだろう。

というわけで、ええい、こうなればやけだ。

「えーっと、この子は菊池さん。……俺の彼女」

「〜っ！」

俺が言った瞬間、菊池さんは待ってましたと言わんばかりに一気に顔を赤くしていて、やっぱり菊池さんはそういうところがある。まあそれはある意味かわいくもあるからいいんだけど、そんな俺たちの様子をぐみちゃんが「なんかイチャコラしてるんですけど……」って感じの冷めた目で見ているのがつらい。ぐみちゃんはそういうのを遠慮なく顔に出す。

「友崎さん、彼女ができるとそんなデレデレした男になっちゃうんですね……どんだけ彼女大好きなんですか……」

「い、いやそういうわけじゃ……」

と俺が流れで否定しようとすると、またも横から視線を感じる。そちらに顔を向けると、菊池《きくち》さんがめちゃくちゃ寂《さび》しそうな顔で、俺を見ていた。

「い、いや違う！　その……はい、もうそういうわけでいいです……とても好きです……」

「〜っ！」

「ほらー！　やっぱり！」

「ははは！　よく言った文也《ふみや》」

そんな感じで誰《だれ》一人味方のいない状況で、俺はタジタジになるのだった。

＊＊＊

「それじゃあごゆっくり〜」

ドリンクバーでグラスに各々の飲み物を入れて、カラオケセブンスの少し広めのルームに案内されてから十分ほど。ぐみちゃんからサービスの揚げ物盛り合わせが到着すると、水沢《みずさわ》がさて、と空気を作るように言う。

「じゃ、俺たちはどんなサプライズをしよーか」

「そうだな……なにから考えようか」

俺が菊池さんのほうにも体を開きながら言うと、菊池さんはうーんと一瞬考えて、

「やっぱり大事なのは……日南《ひなみ》さんがなにを好きか、ってところでしょうか？」

「えーと、まず日南って言ったら……チーズだよな」

俺が最初のとっかかりとして言うと、水沢は頷《うなず》く。

「まあ、一番ベタなところだとそこだよな」

「わざと大げさにやってる部分はあるだろうけど、チーズが好きってのはガチっぽいからな」

「へえ、文也から見てもそうなのか」

水沢は手の甲にあごを乗せながら、どこか探るように言葉を紡《つむ》ぐ。

「な、なんだよ俺から見てもって」

「いーや？　続けて続けて」

そしてじっと、俺の表情を観察するように見る。そんな様子を菊池さんは、不思議そうに見ていた。

「えーとあとは……」

そこで俺の頭に最初に浮かんだのは、俺と日南が出会うきっかけになり、そして俺が唯一あいつに勝てる土俵でもあるゲーム。アタファミだった。

――けど。

「あとは……あ！　陸上！」

俺は、無難な言葉を並べてしまう。

あいつがアタファミが好きだという事実は、直接ではないにしろ、あいつの裏の顔と繋《つな》がりうる要素だ。だから俺は無意識に、そこへ言及することを避けていた。

「陸上、ねえ」

水沢《みずさわ》は誰《だれ》でもわかるくらいの薄い要素を並べる俺にぐっと詰め寄るように、テーブルに体重の一部を預けた。

その視線は真《ま》っ直《す》ぐ、俺の目の中心を射貫《いぬ》いている。

「え、えーと……あとは……なんだ」

なにも言われていないのに問い詰められているような感覚。そんな俺たちの様子を、菊池《きくち》さんはさっきよりもさらに不思議そうに見ていた。

「……ま、たしかに、そうなっちゃうよな」

「そ、そうなっちゃう……って?」

やがて水沢はふうと息をつき、再び体勢をソファーへ戻す。しかし俺から目は離さないままで、こんなふうに続けた。

「……あのさ。文也《ふみや》にも、風香《ふうか》ちゃんにも、言っておきたいことがあるんだよ」

「は、はい」

名前を呼ばれて菊池さんは驚く。そして水沢はルームの合皮製のソファーに軽く体を預けな

がら軽い口調で、

「俺、葵《あおい》のことが好きなんだけどさ」

「えっ⁉」

「なっ⁉」

あまりに世間話みたいなトーンで発せられたその言葉に、菊池さんも俺も大きな声を出してしまう。なんなら俺はそのこと自体は知ってたはずなのに、予想外のタイミングとトーンで言われたので菊池さんと同じくらいびっくりしてしまった。水沢は計画通りと言わんばかりの笑みを浮かべているから、これは狙《ねら》ってやっているに違いない。油断のできんやつだ。

「い、いやなんだよ急に？」

「文也は知ってただろ？　このこと」

「知っててもいきなり言われたらびっくりするだろ！」

「ははは、ごめんごめん」

飄々《ひょうひょう》とした表情はやっぱり、なにを考えているかわからない。

やがて水沢は、少しずつトーンを落ち着かせていく。

「けど、これって大事な話でさ」

水沢は、熱のあるトーンで、言葉を続ける。

「今回俺はさ。遊びじゃなくて――本気で葵《あおい》を喜ばせたいって、思ってるんだよ」

普段はうさんくささしかない水沢《みずさわ》だけど、その目は真剣で。その想いは菊池《きくち》さんにも伝わったようだった。

「……そうなんですね」

菊池さんは、優しく微笑《ほほえ》む。

「だから、そーいう『形式』だけで作るようなサプライズには、したくない。あいつの心に届くものを準備しようぜ」

水沢は、決意するように言った。

「形式……か」

それは前に、水沢に教えてもらった考え方。

中身よりもまず、見え方や聞こえ方、社会的にどんなイメージを持たれているかなどの部分を優先し、埋めていく価値観。

いつからか、水沢はそれを、打破しようとしていた。

「……たしかに、そうだな」

俺も、頷《うなず》いていた。

あいつは、日南《ひなみ》葵は。俺たちとのコミュニケーションにおいても、自分の本音や本質の部分は見せず、ただ作られた形だけを積み重ねている。だから泉《いずみ》やみみみたちにも自分のうわべの部分しか見せていなくて。

だけど俺は、おそらくその本質の一部を知っていた。

「せっかくだから、最高の誕生日に、してやりたいだろ？」

水沢は、にっと優しく笑って言う。

「……なんだか、意外です」

菊池さんが、じっと、水沢を見つめながら言った。

「意外って？」

水沢が聞き返すと、菊池さんは大人びた口調で、

「水沢くんって、ちょっと、なにを考えてるのかわからないな、とも思ってたんですけど……」

そして、安心したように。

「すごく、いい人ですね」

「そうなんだよ、水沢はいいやつなんだよ」

俺もかなり同意だったため、気づくとすぐに頷いていた。それは本音と気持ちの込もった言葉だったはずなんだけど、どうしてか水沢は、ちょっと嫌《いや》そうに眉《まゆ》をひそめている。

「うーん……優しいだとかいい人ってのは、チャラ男的にはあんまりいい意味じゃないんだけど……」

「なんだよその理論……」

すると水沢《みずさわ》は、

「ま──葵《あおい》に対しては本気だから、それでいっか」

そして少年のように笑うと、くいっとグラスを傾けた。いやまたかっこいい感じになってるけど、いっつも持ってるのジュースだよね？

「言っただろ？　俺、毎日がゲームみたいで、がんばらなくてもこなせてさ。欲しいものはなんとなく手に入って、本気になれるものがなかったんだ」

水沢が抱《かか》えていた悩み。

ひょっとするとそれは──足軽《あしがる》さんの言葉を借りれば、業《ごう》とも言えるものかもしれない。

「……けど、たぶんどっかで、そんな自分に自信を持ってた俺もいてさ」

決意を秘めたようなその表情には、言葉だけではない自信が滲《にじ》み出ていた。

「それが、あいつには通用しなかったんだよ。むしろこっちが転がされて、いままでの自分が否定されたみたいで。悔しいけど──めちゃくちゃおもしろいなって、思ったんだよ」

手が届いてしまう男がやっと見つけた、手の届かない存在。

「まあそりゃ俺も高校生だし、もしかしたらこの先、もっといい女と出会うことだって、あるかもしれない」

きっと、夏休みの合宿で思いを伝えてから。

誰《だれ》よりも飄々《ひょうひょう》としていて、誰よりも冷めていたはずの男から放たれる熱は、一人だけに向けられていた。

「けど俺は――いまの俺が本気になれたこの気持ちを、大事にしたいんだ」

水沢は、そのまま真っ直《ま》ぐ《す》と、俺と菊池《きくち》さんに頭を下げる。

「だから……珍しく俺から文也《ふみや》に、頼みがあるんだよ」

「……頼み？」

それは本当に珍しい言葉で、思い出すまでもなく、俺はいままで水沢に頼みばかりをしてきて、なにかを頼まれたことなんてほとんどなかった。まずい、そう考えるとそんじょそこらでは返しきれない借りを持っていることになるぞ。

俺が覚悟を決めながら聞く準備を整えると、水沢の口から飛び出たのは、少し俺の予想から外れるものだった。

「たぶんさ。俺の見立てが間違ってなけりゃ……葵についてお前と、あともしかしたら菊池さんだけが知ってて、俺が知らないこと、あると思うんだよ」

「っ！」

じっと俺を見つめるその瞳《ひとみ》には、さっきまでのからかうような色はなくて。

「──それ、俺に教えてくれないか?」

核心を突くように言った。

＊＊＊

数分して、俺は空になったグラスを置く。

あれから俺は少しだけ時間を貰《もら》い、自分がどうするべきかを考えていた。

だってそれは、きっと自分だけの問題ではないから。

「……あのさ」

「なんだ? 文也《ふみや》」

やっとの思いで声を出すことができた俺と、あんな思いを告げたあとなのに、相変わらず余裕のある振る舞いの水沢《みずさわ》。けれどある意味、あそこまで言ってしまえたほうが、気持ちがいいのかもしれないとも思った。

「たしかに水沢の言うとおり、俺と日南《ひなみ》にはいろんな秘密というか……隠してることがある」

「ははは。だろうな」

水沢はいつもの飄々《ひょうひょう》とした調子に戻っていて、だけどその瞳《ひとみ》の中にはやっぱり、真剣さが灯《とも》っていた。

「でもそれを、勝手に話していいのか、わからない……というか」

「まあ、それはもっともな話だ」

人に踏み込み、なにかを変えようとする行為は、本来個人では背負いきれない責任を伴う。それが相手の許可なく行われる行為であれば、責任はより一層重い。

「たしかに正しいと思うよ。許可をとれるもんでもねーだろうし、覚悟がないやつに話してもそいつが火傷《やけど》するだけだ。相手の思いとか、身に振るもんを、抱《かか》えきれなくなる。……でもさ」

そして水沢は、どこか決意したように、俺をじっと見た。

「それじゃああいつがいつまで経《た》っても、一人のままだろ？」

真剣な表情に、俺はある種、ぞっとする。

そこには自分が責任をかぶることへの躊躇《ちゅうちょ》や、知ることへの恐れはなく——ただ単に、日南を思う気持ち。あるいは、踏み込むことへの決意だけが、灯っていて。

きっとそれが、自分が追いかけたいと思えるものを見つけた男の、覚悟なのだろう。

水沢は俺や菊池《きくち》さんよりもずっと少ない手がかりで、それこそあいつのことが好きだという気持ちだけで、その内面の奥へ向けてもがき、手を伸ばしつづけている。

だけどきっと——それだけでは真相に、届かなかったのだ。

「ああ……そうだな」

俺は、水沢《みずさわ》の熱を受けながらも、考えていた。

個人が個人として、一人で生きるなら。

誰《だれ》も自分に踏み込ませないでいい。けどその代わりに、誰にも踏み込んではいけない。

すべての責任を自分で背負いこめば、一人で誰にも依存せず、誰にも縛られることなく、自由に生きていける。

「俺も、日南《ひなみ》も、たぶん個人は個人だって考えてて。……自分の責任は自分で持つ代わりに、他人に踏み込まれたくない、って。そう思って生きてきたと思うんだよ」

本来俺は、日南は。

その生き方を自らの意志で、選んできたのだ。

「それはまあ……わかる気がするな」

水沢は理解を示すように言う。

「だから……勝手に日南のことを話す権利も、俺にはないんだ」

だってそれは、自分の持っている権利の解釈を、勝手に広げるような行為だから。

「じゃあ、言えないってことか？」

俺の理性は、水沢の言葉に頷《うなず》いていた。

個人は個人。本人の許可なくその秘密を話し、その心の奥に踏み込むために結託するなんて、道理に反している。だから、言えない。それが俺の結論のはずだった。

けど。

第二被服室で菊池《きくち》さんに心を攪拌《かくはん》されて。その奥から湧《わ》いてくる感情を掴《つか》み取って、刻み込んでいた人生の目標のうちの一つは――

『日南葵《あおい》の人生を、カラフルにすること』。

なら、俺は。

「ここで全部を話すなら、俺はいままで自分が戦ってきた個人競技の土俵から、一人ぼっちの檻《おり》の中から、出ていかなくちゃいけないってことになる」

「……そうだよな」

水沢は諦《あきら》めたように言った。

「……いや」

もしも、その土俵から降りるなら。

その代わり、誰かの権利に踏み込むなら。

俺はもっと具体的に――自分がこれからする越境行為を、言葉に代えないといけないのだ。

俺の中の違和感の正体は、言うか言わないかよりもむしろ、そこにあって。

だから俺は息を吸って、世界を揺蕩《たゆた》う曖昧《あいまい》な基準に、宣言するように。

「——俺は日南《ひなみ》のことを、特別な存在だと思ってる。だからこれから勝手に、日南のことを水沢《みずさわ》に話す」

それはあまりにめちゃくちゃで、身勝手な宣言。

二人が共有する個人主義を尊重すると同時に、それを超えるために。

相手のことが特別で大切な存在だからこそ、相手の権利を侵害する。

そんな意味不明な思いを、俺は言葉にした。

「……ははは！」

水沢は、大きく笑っている。菊池《きくち》さんはやっぱり少し寂《さび》しそうだったけれど、すべてを受け容れるように優しく笑ってくれた。

水沢はやがて笑いを収めると、

「やっぱりお前、変なやつだわ」

「まあ、それに関しては俺も、同意だわ」

どこかすっきりした心地《ここち》で、俺もははは、と笑った。

＊＊＊

数十分後。

「まあ、半分予想通り、半分は思った以上にやばくて草、って感じだな」

俺は水沢に、これまであった出来事を伝えていた。

「草って陽《よう》の者も使うんだな……」

俺が余計なところに食いついてしまったのは置いておいて、いま話したのは、俺がアタファミで日南に出会い、人生の攻略方法を教えてもらっていたこと。日南があそこまで努力を続けているのは、自分の正しさを証明するためだということ。

そして——日南は俺を使って、その理論の再現性を確かめていたということ。その三つだ。

「なーんか、納得したわ」

「納得？」

思わぬ言葉に俺が聞き返すと、水沢はどこか感傷混じりに、

「それだけ底知れないやつだから、俺は葵《あおい》から目が離せなくなってんだろうな、って」

グラスに透き通る氷を眺めながら、さらりと言った。

「……そうか」

漏《も》れ出た感情は、やっぱりひたむきな熱を持っていて。

「それに……たしかにそれなら、あいつの誰《だれ》にも本音を見せない感じとか、ちょっと怖いくらいの努力量とかそういういろんなことが、説明できるだろ？」

俺は頷《うなず》く。思えば出会ったころは、日南《ひなみ》の意図や動機なんて、なにもかもわからなくて。だけどそれを繙《ひもと》いてみれば、すべてが一本で繋《つな》がっていて。

それでも、なんでそうなったのかは、未《いま》だにわからなくて。

「ってことはさ。やっぱりサプライズのキーは、アタファミになるんじゃないか？」

水沢《みずさわ》が話を戻すように言う。

俺たちは日南のさらに奥を知ることよりも、まずはあいつを喜ばせたいのだ。

だからすべての前提を、とまで言っていいかはわからないけれど、重要なことは共有した上で、再びサプライズに対しての話し合いを始めた。

「ということは……例えば、オリジナルゲーム……とかでしょうか？」

菊池《きくち》さんも話し合いに意見を出してくれて、そんな菊池さんのことを、俺は心の底からすごいと思った。

それはこの場に慣れない水沢がいるのに、とかそういうことではなく——自分の彼氏が『特別』だと宣言した女の子を喜ばせるための意見を出している、ということだ。もし逆に菊池さんが「実は橘《たちばな》くんが私にとって特別な存在で……」みたいなこと言いはじめたら、俺は協力するどころか向こう十年は引きこもる自信があるぞ。

「まあ、たしかにそれが実現できたらすげーいいだろうけど……」

水沢は困ったような口調で言う。たぶん菊池さんの意見だからなるべくないがしろにしないように、けど根っこがリアリストだから、実現可能性が低いものには同意しづらいのだろう。

「そうだな……たぶんゲームって、そう簡単に作れるものじゃないから……」

俺もゲームの作り方に詳しいというわけではなかったけど、長年インターネットの世界に住んでいるから、そういうところのなんとなくの温度感みたいなものはわかっていた。クラウドソーシングサービスみたいなものを使ったとしても、俺たちだけで完結させるのは相当難易度が高いだろう。

「うーん。せめて詳しい人とかいたらな」

水沢が独りごちるように言って、俺は一つのことを思いついていた。

「……もしかしたら」

俺が菊池さんとの関わりをきっかけに、広げていこうと思えた世界のなかに。

ひょっとすると、それを実現できるための関係があるかもしれなかった。

「アテがあるのか?」

「いや、直接その人が作れるかわからないけど……誰か紹介してくれるかも」

俺がそこまで言うと、菊池《きくち》さんもピンと来たようで、

「そっか……ひょっとしたら、知り合いとかにはいるかもしれないですね」

そんなふうに素直に喜んでくれる。

まあ、ゲームと言ってもその人はプレイする側だから、直接的に力になってくれるかはわからない。けど、その周りにはもしかすると、作る側もいるかもしれないと思った。

「え？　なんだ？　俺の察しが悪い？」

「さて、どうでしょう？」

「文也《ふみや》、お前な……」

そうして世にも珍しい、水沢《みずさわ》だけが察せていないという状況を楽しんだあと、

「実は知り合いに、足軽《あしがる》さんっていうプロゲーマーがいてさ——」

——と、そんな感じでオフ会での出来事や、その周りの人間関係のことを話した。

すると水沢は納得したように頷《うなず》く。

「なるほど。プロゲーマーってことは、ゲームとかエンジニアの界隈《かいわい》と多少は距離が近いだろうし……まあ、俺たちだけで探すよりは、可能性あるな」

「だろ!?」

こうしてまた、俺はこの半年と少しで得たものを使って、少しずつ目的に向かって歩を進めていく。

あいつと人生攻略を始めてから飛ぶように時間が過ぎた。その間に俺は、あいつの裏の顔をたくさん見てきた。そのなかには、あいつが『形式』としてでなく、ほんとうの意味で好きなものの片鱗《へんりん》だって、あったはずなんだ。

だったら俺は、それを暴くためとか、踏み込むためとかじゃなくて——喜ばせるために使ってやる。

ふ、悪いが泉《いずみ》、日南《ひなみ》を一番喜ばせるのは、この俺だ。

＊＊＊

話し合いが一段落して。

「……菊池さん、遅いな」

「そうだな」

菊池さんが一度お花を摘《つ》みに部屋を出たのだけど、それから十分ほど、戻ってきていなかった。

「ちょっと様子見に行ってくる——」

と、俺がソファーから立ち上がった瞬間。

ルームの外から、声が聞こえた。


『ええぇ〜っ!?　じゃあ友崎《ともざき》さんから告白を!?』

『……い、………ですけど』


自分がめちゃくちゃゴシップの種にされていることが丸わかりの、会話の断片。

「どうやら……ぐみちゃんに、捕まってるみたいです」

「ははは。ドンマイ、文也《ふみや》」

嬉《うれ》しそうに言う水沢《みずさわ》を睨《にら》みつつも、俺はがっくりとソファーに再び腰を下ろした。

そんなところでふと、水沢が俺をじっと見ていることに気がついた。

「そういえばさ、文也」

「うん?」

「ありがとな」

いきなり感謝された。

「え?　どうした急に」

聞き返すと、水沢は少しだけ口角を上げながら、どこか温かみのあるトーンで。

「だってさ。まあたしかに俺は葵《あおい》が好きだって言ったし、文也も葵が特別なんだ、って言ってたけどさ」

「おう」

「それって、俺が葵のことを知ろうとする理由にはなるし、お前が誰《だれ》かに教える理由にもなるかもしれないけどさ——文也が俺に教える理由にはならないだろ？」

「……あ」

たしかに、言われたとおりだった。

俺はその覚悟を共有できた人間になら誰でもホイホイと、日南《ひなみ》の真相を話すわけではない。だってそれは、『日南葵に踏み込む』ということを、俺が誰かに許可する、という、ちゃんちゃらおかしい越権行為なのだから。

「ってことはさ。つまり、お前は俺を信用してくれたってことなんだよなぁ」

「う……」

にやぁ、と腹立たしい笑みを浮かべながら言う水沢。めちゃくちゃ芯《しん》を食っているだけに、めちゃくちゃむかつく。

「あれ？　もしかしてお前にとって、俺って親友？」

「う、うるせえな」

「お、なんだ、照れてんのか？　言えよ、言っちゃえよ」

そんなふうに俺を煽《あお》っていて、水沢は楽しそうだ。

「い、言わねえって」

「なんでだよ？」

　にやりと笑って尋ねる水沢《みずさわ》に、たしかになんでだろう、と俺は自分のなかで言葉を探した。

　だって、俺が水沢のことをそう思っているかと言われれば……とまで考えて、俺は気がついた。

　俺はそれがどこから来たものなのかはわからなかったけど、とにかくそんな気がした理屈を、水沢にぶつける。

「本当の親友ってのは……わざわざ親友とか、言わないもんだろ！　たぶん！」

　すると、水沢は一瞬きょとんと俺を見て、

「……ふーん」

　やがて納得したように、子供っぽく笑う。

　そして俺の肩をぽんと叩《たた》くと、得意気に、またも俺を煽《あお》るように、こんなことを言った。

「それもそうだ。それじゃ、これからもよろしくな。——文也」

3　遊び人をマスターすると転職できるようになる職業は意外と強い

それから数日後の土曜日。

今日も日南《ひなみ》のバースデー企画メンバーで集まり、会議をすることになっていたのだけど――。

「水沢《みずさわ》先輩に七海《ななみ》先輩に――今回は中村《なかむら》先輩と優鈴《ゆず》先輩も!?」

俺の妹が、我が家の玄関前で目を輝かせている。

そう。こういう企画をするときは俺の家だと相場が決まってでもいるのか、北与野《きたよの》駅に集まった企画メンバー七人は、俺の家に集まってきていたのだ。なんか前にも見た光景だなこれ？

いまは玄関で妹の出迎えを受けているんだけど、うちの不躾《ぶしつけ》な妹は気持ちいいほどマナーが悪いため、自分が知らない感じの先輩のことは名前も呼ばずにめちゃくちゃスルーしている。具体的に言えばたまちゃんと菊池《きくち》さんだ。あと細かいことを言えば竹井《たけい》もだけど、竹井は竹井だからスルーするのがマナーとして正解なのでここではカウントされない。

「やっほーザッキー！　お邪魔するね！」

軽快に挨拶《あいさつ》を返したのは泉《いずみ》で、そういえば妹と泉はバドミントン部で先輩後輩なんだと言っていたっけ。

「優鈴先輩！　引退してから寂《さび》しかったです～！」

そんな感じで妹も泉《いずみ》に懐《なつ》いていた。うちの妹の殊勝な姿とか初めて見たぞ。

しかし、こうして近くに並んでいるのをよくよく見ると、微妙に髪型とかが似てるんだよな。もしかするとうちの妹も後輩らしく、お洒落《しゃれ》な先輩に憧《あこが》れたりとかしているのかもしれない。だとしたらかわいいところもあるな。かわいくないところのほうが多いが。

そうしてみんなが「お邪魔しまーす」と軽く挨拶《あいさつ》するのを待って、俺は妹が知らなそうな相手を紹介していく。

「えーっと、こっちがみみみと仲いいバレー部の夏林《なつばやし》さんで、あのデカいのが竹井《たけい》で……」

「あ！　夏林先輩、体育館で見たことある！」

「私も見たことある。友崎《ともざき》の妹だったんだね」

「よ、よろしくお願いします！」

「よろしくだよなぁ！」

そんな感じで割り込み挨拶をした竹井を見守りつつ、俺は緊張していた。

だって俺が次に紹介するのは――。

「で、この子が――」

と、俺は菊池《きくち》さんを促《うなが》し、前に出てもらう。

「――俺の彼女の菊池さん」

「…………は？」

妹の時間が止まり、沈黙が流れる。まるで時を操る魔法でも使われたかのような数秒だったけど、菊池さんが使うとしたら白魔法であるため、おそらくそれを使ったのはほかでもない俺だった。

「彼女って、SheとかHerとかの？」

「いや代名詞じゃなくて……Girlfriendのほう」

「えーと、なるほど……ガールフレンドのほうの彼女……」

それっきり妹は、動きを止めた。

そしてまたとても強力な時魔法の持続時間を待ち、十数秒後。

「…………お母さ――――――ん！　お兄ちゃんが!!!」

「え!?　…………文也《ふみや》に彼女!?　今日は大雪!?　地震!?　ああ、災害に備えないと！」

意味のわからない大騒ぎっぷりで、俺の頬《ほお》がぴくぴく、と吊《つ》り上がるのがわかった。どうしよう恥ずかしいよ。

「あ、あの！」

そのとき。

菊池さんが意を決したように、大きな声を出した。

「ふ、文也《ふみや》くんとお付き合いさせてもらってます、菊池風香《きくちふうか》です！」

するとまた、妹はオーバーフローしたようにフリーズしてしまう。

「……お母さ――――ん!!　お兄ちゃんが美少女に文也くんって呼ばれてる――――!!」

「ああっ！　これはもう隕石!?　衝突する前にきちんと挨拶《あいさつ》を……！」

「もういいよ出てこなくて！　み、みんな早く部屋に行くぞ」

菊池さんの言葉によって我が家はさらに大騒ぎで、これ以上なにを言っても火に油を注ぐだけな気がしてきた。

「ふ、文也くんごめんなさい、私のせいで……」

「いや……あの二人がおかしいだけだから気にしないで……」

菊池さんがあまりにも感じる必要のなさすぎる責任を感じているのをフォローしつつ、俺は妹たちが騒いでいる間にみんなを家に上げ、八人で俺の部屋へと続く階段を上がっていった。

「あはは。相変わらずブレーンんち、おもしろいね？」

「ああ、おもしろがってくれてなによりだよ、ったく……」

そんな感じでみみにまたからかわれつつ、俺の部屋での会議が始まるのだった。

＊＊＊

「お、じゃあみんなサプライズの内容は決まったのか」

水沢《みずさわ》が言うと、みみみが「いえーす！」と頷《うなず》いた。ちなみにみみみは前回で懲《こ》りたのか、俺の所持するえっちなＤＶＤを今回は探していない。俺と同様、みみみも成長している。ちなみに俺は数学フォルダへの保管からクラウド化へ移行していて、その意味でも俺は成長していた。

「あとは実際にやるだけだよ！」

みみみが言葉を続け、俺もそれに「こっちもやること自体は決まってきた」と言葉を返す。

「うーん、私らもやることは決まったけど、調整にちょっと難航中……」

泉《いずみ》がむむ、としたトーンで言ったあとで、すっと切り替えて場を進めていく。

「まあそれより、今日のメイン！　旅行どこに行くのかとか決めてくよー！」

そう。今日の会議の主な目的は、旅先《たびさき》を決めることだ。そこでたまちゃんも一緒になってうーんと悩み始める。

「どこがいいかな？　葵《あおい》が好きそうなところだもんね……」

「うーん。やっぱり、最初に思いつくのは……チーズ？」

泉がたまちゃんに応《こた》える。なんだかんだこの二人が会話しているところって、あんまり見ない光景だけど、わりと自然にかみ合っている感じがする。菊池さんのときもそうだったけど、泉って相手に自然と馴染《なじ》むのがうまいんだよな。

「けどチーズから考えるとして、どこ行けばいいとかある？　……牧場？」

いまいちピンと来てない様子でみみみが言う。

「まあ微妙、だよねえ」

泉《いずみ》がぐぬぬ、としたトーンで言いつつ首を捻《ひね》った。

まあたしかに、日南《ひなみ》の好きなものと言えばチーズだけど、プレゼントとかサプライスならまだしも、それを行く場所にまで設定すると、若干無理が出てくるよな。誕生日に牧場やらチーズ工房やらチーズ博物館やらに行ってもしかたがないし。

「どうしよう……」

困った、迷宮入りだ、みたいな口調で泉が言う。あまりに絶望するのが早すぎる。

「……そうだな」

そして俺は、日南のことを考えながらも——同時に、自分のことを考えていた。

なぜなら俺はあいつと趣味が似ていて、考え方も似ていて。

自分が楽しいと思ったことを無条件で信じられるかどうか、という根っこの部分を除いたとき、俺の感情はあいつのことを考える上で、参考になると思ったのだ。

「葵《あおい》、結構疲れてたっぽいし、温泉とか？」

たまちゃんの意見に、みみみが首を傾《かし》げる。

「えー、それちょっとおじさん臭くない？」

「それか、ベタで王道のディズニー行くとか？」

泉が言うと、水沢《みずさわ》が爽《さわ》やかに、

「まあ安定だよな。けど葵ってめちゃくちゃ行き慣れてそうだよな……逆に案内されたりして」

「た、たしかに……」

「けど、遊園地はいいよなぁ!?」

そして竹井《たけい》がただの感想を大きな声で言う。竹井は遊園地、テレビゲーム、キラカードみたいなものに反応する習性があるため、やはり懐柔するのは簡単なのである……って、ん？

「遊園地、テレビゲーム……」

俺は頭のなかで勝手に作っていた竹井の習性に、引っかかりを覚えた。頭のなかに浮かんだ単語が繋《つな》がり合い、なにかが生まれたような気がしたのだ。俺が行きたいと思っていた、面白そうな場所が――。

「……あ！」

そして、俺は閃《ひらめ》いていた。なにをきっかけにしてるんだという感じだが、とにかく閃いていた。

「なにか思いついたんですか？」

そうしてこれまで言葉数が少なかった菊池《きくち》さんが、俺を頼れる男みたいな目で見ている。

ま、まかせてくれ、その期待は若干プレッシャーではあったけど、俺はこの閃きにそこそこ自信があった。

「──ヨンテンドーワールド、行ってみない？」

「ああ……なるほど」

俺の言葉にすぐさま反応したのは水沢《みずさわ》で、「いいかもな」と俺の言わんとしていることをすべて理解してくれたようだ。さすがは水沢だ。

「ヨンテンドー……って、ブレーンが好きなアタファミの会社だよね？」

みみみが言ったところで菊池《きくち》さんも俺の意図を理解したようで、はっと目を見開いていた。

「えーと……説明するとちょっと長くなるんだけど……」

そんなわけで俺は、もちろん日南《ひなみ》の秘密には触れない範囲で、その意図を説明していく。

「日南がゲーム好きなのは知ってるよな？　あと実は、よく言ってる『おにただ』も由来がゲームだし……」

「え、そーなの？」

みみみの声に、俺は頷《うなず》く。

「でさ、話してみたら実は、結構アタファミも好きらしいんだよ」

「あ？　そうだっけ？」

と、中村《なかむら》が首を傾《かし》げる。あ、まずい。中村は日南とアタファミまわりの話をしていてもおかしくないし、日南が知らないフリをしていたら、微妙に俺と話の辻褄《つじつま》が合わなくなるかもしれない。そういえば中村とアタファミで対戦した直後くらいは、日南はまだまったくプレイしていないみたいな設定だった気がする。

「えーっと、まあ、最近始めたのかな？　けど、結構好きでハマってるらしくて」

「あー……。ま、文也《ふみや》にはそういう話もしやすそうだもんな。なんせ、プロゲーマー予備軍だし」

「お、おう。そんな感じ」

俺の秘密をすべて知ってくれている水沢が、うまいことフォローを入れてくれた。味方になったときの心強さがすごい。

「そこでアンリミテッド・スペース・ジャパンことUSJの、ヨンテンドーワールドってわけ。……ほら、これ！」

そして俺は自分がいつか行きたいなと思って調べていた検索履歴をたどりつつ、スマホの画像をみんなに見せる。

すると「おお……」と中村が声を漏《も》らした。

まるでゲームの世界を現実にそのまま具現化したような、ゲームが好きな人なら誰《だれ》しもが行きたくなる完成された世界観。実際にそのゲームのキャラクターと触れ合ったり、レーシングや世界周遊など、ゲームのなかに入り込むような遊びを実体験できたり。

少なくともヨンテンドーを、もしくはアタファミを愛するものなら、もうこの画像を見ただけでもすでに心から興奮してしまいそうな、ていうか実際俺がそうだったテーマパーク。それがヨンテンドーワールドだ。

「おおーっ！　……思ったよりすごい」とみみみが圧倒されている。

「これ、最近できたやつだよね！」

泉《いずみ》の声は跳ねている。

「そういえば、これできてからUSJ、行ってないな。楽しそうだよな、ここ」

中村《なかむら》も同調するように言い、場の意見がまとまっていく感覚がある。なんか普段よりちょっと言葉数多くて結構キラキラした目でこの画像を見てるんだけど、中村もたいがいゲーム好きだよな。

「わ、私もいいと思います！　なんていうか……日南《ひなみ》さん、とても喜ぶかな、って」

「USJ行きたいよなぁ!?」

菊池《きくち》さんはきっとみんなよりも一歩深くそれを理解してくれている様子で、竹井《たけい》はみんなよりも三歩浅くそれを理解してくれている様子だ。うむ、これなら問題なさそうだ。

「よ、よし、これでいいか？」

俺が言うと、

「行く場所でずっと話し合っててもしゃあないし、いいんじゃないか？　異論ある人！」

水沢《みずさわ》の呼びかけに「なーし」「ないです」「な、ないです！」と慣れない菊池さん含めいくつもの声が集まり、場所については話がまとまった。

「よーっし！　それじゃあ葵《あおい》バースデー大作戦、目的地は大阪のＵＳＪ！　ヨンテンドーワールドで葵を喜ばせるで～の巻でよろしく！」

　みみみがみみみ語を使いながら楽しく場を盛り上げる。周囲からは歓声やら拍手やら指笛やら、ふざけて過剰に盛り上げる声が聞こえる。ちなみに指笛を吹いていたのは中村なんだけど、なんであいうイカつい系のリア充ってみんな指笛吹けるんだろうな？　遺伝とかなんですかね？

「いやーよかったよかった！　……けどやっぱり、ブレーンって葵に詳しいよね！」

「お、おう、まあ」

　そんなみみみの一言に俺はちょっと動揺し、菊池さんと水沢に目配せをするなどしつつも、話し合いは進んでいくのだった。

＊＊＊

　それから小一時間後。

「よーっし、話は大体まとまったね！」

　みみみが謎《なぞ》のゆるいキャラクターの落書きであふれた議事録をノートにメモしつつ、話をまとめていく。

「まずは東京駅に集合して、新幹線で大阪へ。もちろん私たちでチケットは買っておいて、USJに遊びにいく！」

「そーいや葵《あおい》のぶんのチケット、誰《だれ》買うか決めてなかったな」

と気がつく水沢《みずさわ》に、たまちゃんが手を上げた。

「あ、じゃあ私買っとく！」

「おお、それじゃあ頼んだ」

そんな感じで役割を決めていき、みみみがまとめた議事録をおさらいしつつ、

「で、そのあとUSJ近くのホテルに泊まって、そこでサプライズパーティ！　葵は泣く！」

「めちゃくちゃざっくりしてんな……」

「ブレーン細かいこと言わない！」

そこで泉《いずみ》が「あ、一つ質問！」と手を上げる。

「はい、かわいい優鈴《ゆず》ちゃん！」

「夜ご飯はどんなのにしますか!?　せっかくなら葵が喜ぶものがいいかなって！」

するとみみみは突然歯切れが悪くなり、

「あー、えーっと……」

ちらちらとたまちゃんに目配せしはじめた。

「ごほん！　まあなんというか、……その辺は、私たちにまかせるように！」

「え？　……あっ。りょ、りょうかい！」

泉はなにかに気がついたように言い、そのまま詳しくは追及せずに質問を終えた。まああんまり詮索《せんさく》するのはよくないけど、いまのリアクション。そして夕食はまかせてほしいってことは……みみみチームの日南《ひなみ》へのサプライズは夕食絡みのなにか、ってことだよな。なるほど。てことはたぶん、っていうかまあほぼ間違いなく、みみみたちが用意するサプライズはチーズ絡みだろう。チーズ好きなのは間違いなくガチだから、そこの対応はまかせたぜ。


時刻は夕方。

「おじゃましましたー！」

話し合いもそこそこに後半はほとんどゲームやらトランプやらボードゲームやらがメインとなった今回の会議も終了し、俺は玄関で妹と母親と共にみんなを見送っていた。

「みなさん!!　また来てください!!」

「うん。また来るねザッキー！」

「はい！」

どうやら憧《あこが》れていそうな泉からの返事も貰《もら》い、妹はウキウキである。

母親は妹となにかこしょこしょと会議すると、目の色を変えて、うんうんと頷《うなず》き合っている。一体なにを話しているんですかね。

それぞれ挨拶《あいさつ》をすると、みんなは玄関から出て行った。すると俺と妹と母親が、玄関に取り残されることになる。ちなみに俺はいまドアの方を向いてるんだけど、後ろからなにやらものすごい視線を感じていた。

「で、お兄ちゃん……」

「文也《ふみや》……」

「は、はい……」

恐る恐る返事しながら振り向くと、そこには好奇心の鬼と化した二人の姿があった。

「いつの間に彼女なんてできてたの⁉」

「文也、どうして言ってくれないの⁉　しかもあんなにかわいい‼」

「そうだよ‼　なんでお兄ちゃんにあんなかわいい彼女ができるの⁉」

「なにか悪いことしてるなら相談に乗るからね！　文也、自首するなら一緒についてくからね！」

そんな感じでぶつけられる意味不明な言葉たちに、俺はうんざりするのだった。

＊＊＊

その日の夜。

俺がスマホでＵＳＪやヨンテンドーワールドについて調べていると、

「……あ」

事前に連絡してあった足軽《あしがる》さんから、ラインの返事が届いた。

俺は通知をタップし、内容を確認すると、

『なるほど、事情はわかった。

僕の後輩にゲームプログラマーがいるから、一度話してみる？

どこかの日曜日の昼なら、合わせられるよ。』

「助かるなあ……」

さすがは有名プロゲーマーと言うべきか、ここまではスムーズに話が進んでくれている。ひょっとすると俺がnanashiだから都合をつけてくれている、という部分もあるかもしれないけど、とにかく感謝しかない。

俺は素早く今回のサプライズチームのグループラインにその旨《むね》を送る。ちなみにこのグループラインは「そのほうが効率がいいだろう」と水沢《みずさわ》が発案し、作ってくれたものだ。さすがは人生をゲームとして効率よく攻略している水沢だけあるぜ。

するると、程なくして二人からのメッセージが返ってくる。

『日曜昼だと、俺は明日と再来週なら空いてる』

『私はどこでも大丈夫です！』

「ふむ」

となると、予定を合わせられるとしたら明日か再来週の日曜日ということになる。

まあ日南《ひなみ》の誕生日まではあと一か月ほど余裕はあるけど——もしもこれでゲーム制作という方向で話が進むのだとしたら、その制作期間も考えると再来週では遅いように思えた。

と、いうわけで。

俺は二人に確認を取り、なるべく近い日程で予定を組めるよう、足軽《あしがる》さんへ返信する。

すると十数秒後、すぐに返信が来た。

『それじゃあ、明日の15時、板橋《いたばし》駅でどうかな？』

「では、それでお願いします……と」

即レスしてくれるのは、なんというか仕事の出来る大人って感じでかっこいいよな。返信をしてスマホを閉じると、俺はスマホを充電器につなぎ、座っていた椅子《いす》の背もたれに体重を預けた。

俺はいま、日南に拒絶されていて。

だけど——それでもなお、あいつを喜ばせるために時間を使っていて。

それが一体なぜなのかはまだ、自分でもよくわかっていなかった。

俺は第二被服室での日南と、みんなから見た日南像を思い返す。

いままで俺は、日南はクラスではプレイヤー日南葵《あおい》として、キャラクターである日南葵を操作していて。だけど俺の前だけではその仮面を外し、プレイヤーとしてのあいつがキャラクターとしての世界に降りてきて、俺と会話してくれているのだと思っていた。

けど。実はそうではなかったのかもしれない。

あいつが、俺たちの場所でも。第二被服室でも。

一つ上の次元から、プレイヤーの日南葵として、NO NAMEというキャラクターにコントローラーを差していただけなのだとしたら。

あいつの形式ではない本音は——。

パーフェクトヒロインでもNO NAMEでもない日南葵は、どこにいるのだろうか。

＊＊＊

そして翌日、日曜日。

俺は菊池《きくち》さんと水沢《みずさわ》を連れて、板橋《いたばし》に来ていた。

板橋といえば俺と日南《ひなみ》が先日、二人で訪れた駅で——つまり、足軽《あしがる》さんが住んでいる場所だ。

「えーっと、あ、あそこだ」

俺は足軽さんから指定されたカフェを見つけ、二人を案内する。

「その足軽さん？　って人、プロゲーマーなんだろ？　ゲームでご飯を食べてる」

「そうだな」

「……へえ。珍しい生き方だよな」

「まあ……レールからは外れまくってるかもな。俺もそれを目指すことにしたわけだけど」

「ははは、そうだったな」

水沢がまだ会ったこともない人に興味を持つのは珍しいな、などと思いつつ、俺は横断歩道を渡ってその入り口にたどり着いた。中に入ってみるとまだ足軽さんは来ていないようで、とりあえず先に席に座っておくことに——

「やあ、nanashiくん」

「うわぁっ!?」

背後から掛けられた声に、俺は飛び退《の》く。振り向くと声の主は足軽さんで、どうやら俺たちとほぼ同じタイミングで店に到着したらしい。

「ちょ、ちょっと、いるなら声かけてくださいよ」

「いや、いま声かけたんだけどね？」

「……たしかに」

俺がコンマ零秒で論破されると、水沢も菊池さんも、くすくすと笑った。

そして素早く状況を理解した水沢は、いつもの慣れた笑みを浮かべて、足軽さんに向かい合った。

「初めまして。文也《ふみや》の友達の、水沢孝弘《たかひろ》です」

「文也って……ああ、nanashiくんだったね。僕は……ゲーマーじゃない人にこう名乗るのは少し恥ずかしいんだけど、足軽って名前でやらせてもらってる。よろしくね」

「はい。今日はサプライズの件もそうですけど、できたら他にもいろいろお話聞きたいなって思ってます。よろしくお願いします」

「ん……。ああ、わかった」

そんな感じでペラペラと流暢《りゅうちょう》に喋《しゃべ》る水沢は、足軽さん相手にもいつもの調子を崩さずに、なんならちょっとペースを握っているようにすら見えた。そのコミュニケーションスキルはどこで身につけたんだ。怪しいバイトをしているという噂《うわさ》は本当なのか。

「えーと、そっちの女の子は？」

足軽《あしがる》さんはどこか水沢《みずさわ》から話を逸《そ》らすように、菊池《きくち》さんに視線を向けた。

菊池さんはなにか迷うように、俺をちらちらと見ている。えーと、まあたぶん、いま菊池さんが思ってるのって、そういうことだよな。うん、菊池さんは、そういうところがあるってもう、わかっているからな、うん。

ということで俺は、手のひらで菊池さんを示して、

「えーと、一応この子が菊池さん……俺の彼女です」

「ええっ!?」

珍しく足軽さんが大きな声を出し、菊池さんは顔を真っ赤に——しているかと思いきや、なにやらちょっと満足げに頷《うなず》いている。まずい、菊池さんがこういうシチュエーションに慣れはじめている。一生照れててほしいのに。

「きみがnanashiくんの……。なるほど。よろしくね」

「き、菊池です！　えーと、その……よ、よろしくお願いします」

挨拶《あいさつ》となるとまたもや緊張を取り戻しながら菊池さんが一礼すると、足軽さんは大人の笑みを浮かべた。

「それじゃあとりあえず、あっちの方に座ろうか」

「は、はい！」

そうして俺は足軽さんについていきつつ、疑問に思ったことを聞いてみた。

「えーと……プログラマーの方《かた》は？」

そう。今日はオリジナルゲームの会議ということで、足軽さんの知り合いのゲームプログラマーの人と顔合わせをすることになっていた。ただ、いまのところその姿は見えない。

「実は彼には三十分遅く集合時間を伝えてあるんだ。なにしろ未知の案件過ぎるから、一旦《いったん》こっちで話を聞いておいてからのほうがいいかな、と思ってね」

「あ……なるほど」

なんというかとても大人な対応というか、いろんなバランスを取る社会人という感じだ。プロゲーマーといってもゲームが上手《うま》ければなんでもいいというわけじゃないし、その辺りのスキルも持ち合わせているのだろう。

着席して数分、それぞれがドリンクを頼むと、まずはなんとなく雑談が始まった。

「それにしても、意外だったなあ」

「意外って、なにがですか？」

俺が足軽さんに聞き返すと、足軽さんは水沢と菊池さんを見て、

「nanashiくんの友達とか彼女って、こんな感じなんだな、と思ってね」

「ははは、こんな感じってどんな感じですか」

飄々《ひょうひょう》とした口調で言う足軽《あしがる》さんに、飄々とした口調で返す水沢《みずさわ》。大飄々合戦が行われている。

「なんというか、まあ、ゲーマーっぽくはないよね」

「あー、それはそうかもしれないです。っていうより……」

水沢はいつも俺と話すときよりも少し、演技がかった口調で。

「人生をゲームだと思ってる、ってタイプなんで」

すると足軽さんはふむ、と考え込み、

「なるほど。それはおもしろいね。たしかにそう考えたら、ゲーマーはゲーマーだし、ゲーマーじゃない人は別のことに向き合っているわけだから、すべての人はゲーマーだと言えるわけか」

「え？　ああ……そうかも、ですね」

「ていうかまあ、ある種ルールと結果があれば全部がゲームって言えますからね」

「おおう文也《ふみや》も？」

突然論理を展開しはじめる足軽さんと俺に水沢は面食らっているが、まあなんというかこういうことを面倒くさく考えてしまうのが、ゲーマーの性《さが》なのだ。ちなみに菊池《きくち》さんはそんな俺をにこにこと見ていた。懐が広い。

「お待たせしました～」

と、そこで頼んだドリンクがやってくる。

「ごめんごめん、話が変なほうへ行ったね。……それで、ゲームを作りたいんだよね？」

そうして、話は本題へ入るのだった。

＊＊＊

「なるほど、プレゼントにゲームを……」

俺が一通りの流れを説明すると、足軽さんが目の前のカップに口をつけながらつぶやいた。

ちなみに足軽さんはホットココアを飲んでいる。ちょっと意外だ。

「はい。それが一番いいって話になって」

「うん。まあたしかに、それがちゃんとできたら喜んでくれるんだろうな、っていうのは話から伝わってきたんだけど……」

「はい」

俺が相槌《あいづち》を打つと、足軽さんはいつものどこか独り言めいた、けれど通る声で。

「普通、そこまでする？」

「ははは！　それはそうですね！」

足軽さんの火の玉ストレートに、水沢が笑った。

「いや、まあそうですよね……」

少し遅れて俺も頷《うなず》く。言われてみればその通りというか、クラスメイトの誕生日だからってわざわざプロに依頼してオリジナルゲームを作るなんてこと、普通はしないだろう。なんなら恋人とかが相手でも、やりすぎで引かれるんじゃないかとか心配になるレベルな気がする。まだ菊池《きくち》さんの誕生日を祝ったことがないからわからないけど。

「ってことは、それだけ相手が特別ってことかな？　それとも、水沢《みずさわ》くんみたいな、クラスでも目立ってそうな子は、そのくらい普通にやるとか？」

「ははは！　なんですかそれ」

「いやあ、俺はたぶん、もし水沢くんと高校で同じクラスだったとしても、友達になってないようなタイプだったからね……」

足軽《あしがる》さんは冗談と本音の中間のような口調で言うと、水沢はふっと愉快そうに笑った。

「足軽さんって、正直ですね」

「ま、年上が気を使って社交辞令並べても、話しにくいでしょ？」

「はい。このほうが、話しやすいです」

ズバズバとモノを言う足軽さんに対面している水沢はなにやら楽しげで、どうやら足軽さんを面白がっているようだ。まあなんか会う前からちょっと興味ありげだったもんな。こういうちょっと変わったタイプの人間が好きなのだろうか。思えば俺のときも変なやつだの俺は味方だの言って、突然接近してきたからな。

「ま、俺らみたいなグループでも普通やらないっすよ、ここまでは」

「あ、そうなんだ。じゃあどうして今回は？」

「んー。足軽さん、相手が特別かどうか、って言ってましたよね」

「言ったね」

するると水沢は、頼んだアイスコーヒーをストローで混ぜ、からからと氷を鳴らしながら、

「祝う子は女の子なんですけど、俺はその子のこと好きなんですよ」

またもさらりと言った。

つい最近もその言葉を聞いたにもかかわらず、俺と菊池さんはびくっと肩を震《ふる》わせてしまう。いや、こんなの何回聞いても慣れないでしょ。

「へえ。そうなんだ？」

しかし足軽さんは思ったよりも素のトーンのままその言葉を受け取って、水沢はなんかちょっと残念そうにしている。おい、やっぱ驚かせようと狙《ねら》ってやってんのかよ。そんなやり方で初対面の大人を驚かせようとするな。

「水沢、別にそんなことまで言わなくていいんだぞ？」

「けど、言っちゃいけないわけでもないだろ？」

「まあそうだけど……」

だからって言う理由もわからないし、そもそもよく当たり前みたいに何度も言えますね。俺

ならMPを消費しないと使えないマダンテ的な究極呪文《じゅもん》を、通常攻撃かのごとく連射している。

「ってことは……二人は？　水沢《みずさわ》くんの恋路のために？」

「あー、っていうわけでもなくて……」と俺は首を振る。

まあ、たしかにそう思うよな。だって俺は菊池《きくち》さんと付き合っているわけで、そして祝う相手は女の子なわけで、となると片思い中の水沢を応援するカップルの図、みたいに見えてもおかしくはない。

「いや……なんというか、その子は俺にとってもすごく恩人というか、返そうと思っても返しきれないものを貰《もら》ってて……」

「ふうん……」

「ええと、菊池さんは？」

「は、はい！」

なかなか話せずにいる菊池さんに振ってあげると、菊池さんはしどろもどろになりながらも、

「えっと私は……その子に、しちゃいけないことをしてしまって……償いじゃないですけど、その、喜ばせたいというか」

「……なるほど」

そうして俺たちの話をひととおり聞いた足軽《あしがる》さんは、やがて難しい顔をして――

「つまりその子は……めちゃくちゃいろんなことを背負ってる女の子なんだね……？」

偶然ながらとんでもなく、芯《しん》を食ったことを言った。

＊＊＊

そうして数十分後。

「お、来たね。やあやあ、今日はありがとう」

「ああー、どうも足軽さん」

足軽さんの後輩だというプログラマーの男性が到着すると、足軽さんが椅子《いす》から立ち上がって挨拶《あいさつ》をはじめたので、俺たちもそれに倣《なら》って立ち上がった。

「彼は遠藤《えんどう》くん。ゲームの制作会社で働いてて……ヨンテンドーのソフトの一部の下請けみたいなことをすることもあるらしいんだ」

「ああどうも、初めまして」

遠藤さんはおそらく年齢は二十代半ばほどで黒髪短髪で眼鏡に白ワイシャツにジーンズというい わゆるクリエイターっぽいラフな出で立《い　た》ちでありつつ、その短い髪やスーツは綺麗《きれい》に整えられていて、清潔感に溢《あふ》れる男性という印象だった。第一印象としてはとても仕事ができそう、という感じだろうか。

常に表情が柔らかく、ニコニコと口角が上がっているのが印象的だ。

「えーと、まずはこちらが噂《うわさ》のnanashiくん」

なにやら意味深な紹介をされたので、俺はぺこりとお辞儀をしつつ。

「初めまして。えーと、nanashiこと、友崎文也《ともざきふみや》です」

俺は足軽《あしがる》さんの紹介に合わせてハンドルネームだけで言うべきか迷ったものの、まあ今回は日南《ひなみ》の同級生の友崎としての依頼だったため、普通に本名でも自己紹介をすることにした。

「ああー、君がnanashiくん。お話は伺っています。遠藤《えんどう》です。普段はプログラマーと、個人でゲームのアプリを開発したりなんかもしてます」

伺ってる、っていうのはなにを伺ってるんだろう……と気にはなったものの、まあ足軽さんのことだから悪いようには言っていないだろう。ということで俺は自分を安心させつつも、ぺこりとお辞儀を返した。

「どうも。nanashiこと文也の友達の、水沢孝弘《みずさわたかひろ》です」

たぶん今日聞いたばかりの『nanashi』というワードをさらりと吸収しつつ、丁寧《ていねい》に挨拶《あいさつ》する。やはりこいつも社会人スキルが高い。本当に高校生か？

「え、えっと！　文也くんの……えーと！　じゃなくて……菊池風香《きくちふうか》です」

そして水沢の紹介テンプレートに合わせて俺との関係を言おうとした結果、めちゃくちゃ余計なことを宣言しそうになったためか、言葉を濁《にご》らせた挨拶をする菊池さん。俺の彼女と宣言されるのは慣れてきつつも、初対面の人に自らそれを宣言するほどの勇気はまだないらしい。

遠藤さんはそんな俺たち三人を見渡して、にっこりと笑った。

「ずいぶんかわいらしい皆さんが揃《そろ》ってますけど……今日はお仕事の話ということでいいんですよね？」

「は、はい！　実は……」

ということでまずは俺から今回の概要を説明する。

「今度友達の誕生日パーティがありまして――」

そうして俺は、その相手がゲーム好き、特にアタファミが好きであること。それに類似したオリジナルのゲームを作りたいということ。本当に喜ばせたいからある程度のクオリティは欲しいということ。だからできればアタファミに似つつ実際に楽しめるゲームを作りたいことなどを説明していく。ちなみに話がややこしくなるので、その女の子がAoiであることはとりあえず伏せておいた。

遠藤さんはそれを黒いレザーカバーのかかった手帳にメモしていくと、万年筆に蓋《ふた》をしてトントン、と空白部分を叩《たた》いた。

「それは、結構難しい注文ですねえ」

「や、やっぱりそうですか？」

「ちなみに、納期……じゃなくて、そのパーティはいつでしたっけ？」

「えーと……」

「三月十九日です」

横から水沢《みずさわ》が答える。さすがは日南《ひなみ》を想う男、誕生日早押しクイズにおいて最強だ。

「うーん、まずは前提なんですが……そもそも格闘ゲームってめちゃくちゃ作るハードルが高いんですよ」

「あー……やっぱりそうですよね」

それは、俺も思っていた。

「ええ。キャラクターのデザインとモーション、効果音からゲームバランスまで作るための工数が多すぎるので、個人で作るのは相当難しいし……少なくとも一か月だと、絶対無理ですね」

「そうですか……」

その言葉に、俺たち三人の表情は沈んだ。

「だよね。けど、そこをなんとかするのが遠藤《えんどう》くんのアイデアだと思ってるよ」

「ええー……困りましたね」

足軽《あしがる》さんの無茶ぶりに遠藤さんがふむ、と考え込んだ。

「す、すみません、無茶を言って……」

「いえいえ、足軽さんはいつもこうですから」

俺が言うと、慣れた感じで遠藤さんが応《こた》える。

「そうですね……じゃあ、例えば、こんなのはどうですか？」

なにやら突破口を見つけているような言い回しに、俺は思わず前のめりになる。

「アタファミに似たステージとキャラ配置にして、二人がキャラクターを操作して対戦できるようにする。キャラには当たり判定をつけて、相手のキャラクターとぶつかった瞬間に……アクションバトルではなく、選択肢が表示されるようにする」

ぶつぶつと、頭のなかで構成しながら喋《しゃべ》るように遠藤さんが言う。俺はそれを想像しながら、言葉をかみ砕いていった。

「あ……なるほど」

想像してみると、ＲＰＧだったり、もしくはパーティゲーム内のミニゲームなんかで、それに似たシステムは見たことがある気がした。

「で、まあじゃんけんみたいにはなっちゃうんですが、その選んだ選択肢によって勝ち負けが決まって、相手にダメージを与えていく。それを繰り返して、相手を倒す。……そういうシンプルなシステムの、アタファミ『風』の対戦ゲームとかなら、作ることも不可能じゃないと思います」

「なんとなく……わかる気がします」

「なるほどね。確かにそれなら、格闘ゲームのようにモーションもいらないし、おそらく必要なのはキャラを操作して当たり判定を判断して——というゲームにおける基本部分だけ、ってことになるかな？」

足軽《あしがる》さんの確認に、遠藤《えんどう》さんはですね、と頷《うなず》く。

「内輪でだけ楽しむゲームなら、グラフィックは実際のアタファミから拝借してしまって大丈夫ですし……」

「ははは！　それはグレーゾーンでいいですね！」

大胆な提案に、水沢《みずさわ》が楽しそうにしている。

「そんな感じで作っていけば、一か月でなんとか、間に合うと思います」

その言葉に、菊池《きくち》さんの表情がぱあっと明るくなった。

「そ、そうですか！　よかったですね！」

そうしてすべてが解決、みたいな感じで場がまとまっていきそうになるんだけど、俺のなかにはまだ少し、違和感があった。

「えーと……たしかに、よかったんだけど……」

「文也《ふみや》的には、なんか違うのか？」

煮え切らない俺の様子に、水沢が問いかけてくる。

だから俺は、まだ言葉になっていない違和感の輪郭を探るように。

「えーと……俺、ゲームって大きく分けると二つの要素があると思ってて」

「へえ、nanashiくんのゲーム論か、面白そうだね」

と足軽さんは俺をじっと見た。

「ああいや、ハードルは上げないでほしいんですけど……」

「文也、期待してるぜ」

「こいつ……」

そんな感じで二人の嫌《いや》なまなざしを受けながらも、俺は話しながら、考えを深めていく。

「ゲームって、システムとかルールみたいな内容の部分と、キャラクターとかＵＩみたいな外側の部分があるじゃないですか？」

「あるね」

「なるほど。そうですね」

「なんとなくわかったような……？」

「えっと、どういう意味ですか……？」

遠藤さんと足軽さんと水沢と菊池さん。そのリアクションを聞くに、ゲームに対する造詣《ぞうけい》の深さ順に理解度がまったく違ってきているようだ。ふむ、じゃあこれは菊池さんに合わせて説明しないとな。

「ほら、例えばアタファミって、地上と空中でそれぞれの方向に技を出せて、相手にダメージを与えると相手が大きく吹っ飛ぶようになって、最終的に相手のキャラを場外に撃墜したら勝ちに近づく、っていうシステムとルールがあるでしょ？」

「は、はい」

菊池《きくち》さんは一生懸命に視線を上に向けながら、俺の話を聞いてくれている。たぶん俺の家でやったアタファミのことを思い出しているんだろう。

「でさ。それとは別に……例えば忍者キャラのファウンドだったり、狐《きつね》キャラのフォクシーだったり、トカゲのリザードだったり、いろんな見た目のキャラクターがいる。けどそれって、システムとかルールとはまったく関係ないでしょ?」

「えっと……そうなんですか?」

なるほど、ピンと来ていないポイントはここか。じゃあ、どう説明したものか。

考えていると、横から足軽《あしがる》さんがアシストしてくれた。

「例えば……ファウンドが青い棒人間で、フォクシーが赤い棒人間で、リザードが緑の棒人間になったとするよね? けど、それでもゲームのシステムとかルール自体はまったく変わらないだろ?」

「あ、なるほど! それでも、ダメージを与えて倒すゲームですもんね!」

大人の比喩《ひゆ》によって菊池さんが理解してくれた。

「けど、それがどうしたんだ?」

と水沢《みずさわ》は首を傾《かし》げている。

「えーと、あのさ。俺が知る限りなんだけど……」

そして俺は、出会ってからの日南《ひなみ》の言葉を思い出して。

「日南って、ゲームの外側よりも、ルールとかシステムを重視するタイプなんだよ」

俺が言うと、水沢はぱちぱちと、驚いたように瞬きをした。

これは、俺が最初に出会ったときから一貫している、NO NAMEの考え方。

シンプルかつ奥が深いルールを持つゲームは神ゲー。だからあいつは人生というゲームを神ゲーだと断じていたし、ブインという一見子供向けに見えるゲームの面白さも理解していたし

——アタファミというパーティゲームの、奥深さにも気がついていた。

「だから……外側だけアタファミ風にしても、中身はぜんぜん違うゲームになってしまうなら、たぶん、日南が見るのはその中身——ルールのほうなんです」

そして俺はうっかり日南とか連呼していることに気がついて、足軽さんに向けて「あ、日南っていうのがその祝う子のことで……」などとフォローする。なにやら気持ちが乗ってしまったぜ。

すると足軽さんはゆっくりと何度か頷《うなず》き、そして口を開く。そんな足軽さんのことを、遠藤《えんどう》さんは出方をうかがうように見ている。

「なるほど……けど、だとしたら、難しいね」

「……そういうことになっちゃいますよね」

そう。あいつがゲームのルールを重視するタイプ、ということならば。

外側の部分で誤魔化《ごまか》すことができなくなる以上、これから一か月弱でゲームとしてクオリティの高い中身、つまり『シンプルで奥が深いルール』を完成させなければならない。

「グラフィックは勝手に貰《もら》ってきちゃう裏技で取ってこられても、システムの部分は難しいですもんね。格闘ゲームなんかは、特に」

「そうだね」

足軽《あしがる》さんが頷《うなず》く。

「けどさ、文也《ふみや》。ゲームを作るなら、そこはある程度妥協するしかないんじゃないのか？　というか俺の経験上、ここまで凝《こ》ったサプライズの時点で、結構気持ちは伝わるもんだぞ？」

現実を冷静に見ている水沢《みずさわ》は、俺を諭《さと》すように言う。たしかに言うとおり、日南《ひなみ》が重視しているのはそのシステムやルールかもしれないけど、そもそもあいつはアタファミのことが好きなのだ。ゲーム自体が好きならば、プレイしていくうちにキャラクター自体にも愛着は湧《わ》いてくるものだ。

その意味では次善策として、キャラクターだけを借りて、システムは現実的なもの、という手もなくはないだろう。

「一か月弱しかないんですもんね……」

菊池《きくち》さんも水沢の言うことに同意らしい。というよりもおそらく、日南がゲームについて、もしくは『ルール』というものについて語っているところを見たことがないと、ピンとこないのだと思う。

あいつがどれだけ『ルール』や『構造』そのものにこだわり、偏愛してきたのか。

それを知らないと、ルールがなによりも重要だと理解できないだろう。

「そうだね……」

だから、俺は考えた。

知っているから、ただがむしゃらに主張するのではなく、自分の提案を通すために必要なものを、相手にわかってもらえるように。

つまり、日南葵《あおい》のやり方で、日南葵を喜ばせるために。

ゲームにおける、本質と外側。

具体的に言うなら、例えばルールとグラフィック。

日南を喜ばせるために、最高の誕生日を迎えてもらえるように——つまり、自分のしたいことを果たすために。いまある手がかりから、最も現実的で、有効なアイデアを。

もしも、俺のやり方で。

つまり、前提を変えてもいいのだとしたら——。

「……あ」

俺のなかに、一つの閃《ひらめ》きがあった。

「nanashiくん、なにかあるのかな?」

足軽《あしがる》さんが俺に言う。

だから俺は、息を吸って吐いて、そして。

「ごめんなさい、さっきまでの話をひっくり返してしまうみたいで申し訳ないんですけど……」

日南《ひなみ》が好きなもう一つのゲームを思い浮かべながら。

「——シューティングゲームだったら、どうですか?」

俺が言うと、遠藤《えんどう》さんと足軽さんはきょとんとする。

「そうですね……シンプルな2Dシューティングってことなら、かなり作業量は減らせると思うけど……」

遠藤さんが言葉を選びながら言う。

「本当ですか!」

「けど、どうしてシューティングゲーム?」

試すように言う足軽さんに、俺はどこから話すか迷いつつ、

「えーと、実はその子には……アタファミと同じくらい、思い入れがあるゲームがあって」

俺が言うと、水沢《みずさわ》と菊池《きくち》さんはきょとんとする。それも仕方ない。だって俺は日南のことを二人に話すときに、そんなところまで詳細に話していないから。

「その思い入れがあるゲームっていうのが、シューティングだと」

俺は頷《うなず》く。

「『ゆけ!うちまくりブイン』っていうんですけど」

やはり、水沢も菊池さんもまだきょとんとしている。けど、そのとき足軽さんはぱっと目を輝かせた。

「おお！　ブインか！　なかなかセンスがある女の子だね！」

さすがはプロゲーマーの足軽さん、ブインのことも知っているらしい。足軽さんは懐《なつ》かしげに上を向きながら、しんみりと言葉をつづける。

「ゲーム性もストーリーもよくてね……。たしか……なんだっけ、『鬼のごとく正しい、おにただ！』ってセリフを言うブインが、かわいいんだよなあ」

「『おにただ!?』」

めちゃくちゃ珍しいことに、水沢《みずさわ》と菊池《きくち》さんが完全に声を合わせて驚く。

「え、なに……何事？」

二人の驚きに、足軽《あしがる》さんも驚く。まあたしかに、『おにただ』というワードに口をそろえて驚くって、高校での日南《ひなみ》を知らなければ意味がわからなすぎる状況だもんな。なんだこの空間。

水沢はぐいとこちらに身を乗り出しながら、

「『おにただ』の由来のゲームが、そのシューティングなのか？」

「おう、そういうこと。おにただ」

「文也《ふみや》、それうざい」

びしっと指して見せた俺の指を、水沢はぺしと弾《はじ》いた。ひどい。

「文也くん、それならいけそうですね！」

菊池さんもすごくワクワクしてくれている。日南とそこまで喋《しゃべ》ったことのない菊池さんにもおにただのイメージが染みついてるんだな、と一瞬驚いたけど、そういえばあいつ選挙の演説とかでも平気で言い放ったんだった。あれはどう考えてもやりすぎなんだよな。

「可能性あるだろ？」

俺が言うと二人も頷《うなず》き合い、その手応《てごた》えを確かめ合う。そして足軽さんはそんな俺たち三人の様子を、めちゃくちゃ怪訝《けげん》な表情で見ていた。

「その女の子はよっぽど『おにただ』ってイメージが浸透してるんだね……」

言いながら苦笑する足軽さんに、俺たちは自信を持って「はい！」と答えるのだった。

＊＊＊

そこからゲームの方向性についてしばらく話し合い、イメージを共有したあと。

俺たちの交渉は佳境――というよりも、ここからが本番と言えるターンに入っていた。

「やっぱり……そこになりますよね」

「そうですね」

俺の言葉に遠藤《えんどう》さんは温和な笑みを浮かべながら、けれどブレない視線で頷いている。

「僕らもプロとしてやってるので――報酬は貰《もら》わないと。時間を使うわけですからね」

そう。お金の問題だ。

知り合いの知り合いとはいえ相手もプロとして、商売でやっている。俺たちの依頼をこなしているあいだは、他の仕事ができなくなるのだ。ならばその分を埋めるだけのお金は出すべき、というのが当然な責任の取り方なわけで。もちろん俺たちもそこについては、事前に共有し、覚悟していた。

「とはいえ今回は足軽さんの知り合いってことですし、商業レベルのものをってわけでもなさそうですから、普段よりは抑えたいと思ってますよ」

「ほ、ほんとですか」

「はい。相手は高校生というのもありますしね。まあ、予算がどのくらいなのかにもよりますが……」

「で、ですよね」

俺はその慣れない会話の流れに四苦八苦していた。普段のクラスでのコミュニケーションとは全然違うというか、こうした金銭や時間に関する損得勘定が絡む会話では、なにをどんな言い方で話せばいいのかまったくわからない。それこそ、ルールが違いすぎる。

「じゃあ、どうやって決めていきましょうか」

とりあえずジャブ的に投げかけられた遠藤《えんどう》さんの質問は、俺に向いていた。まあ私が幹事ですみたいな顔で喋《しゃべ》ってたからな。

「えーと、そ、そうですね……」

俺はどう答えるか迷いつつ、けれど無言でいるわけにもいかないため、なんとなく相槌《あいづち》を打ち、時間を稼いでいる。けどそんなものはもって数秒なので、もう数秒先にはなにか回答を出さなければならない。く、どうしたものか。

決めるとしたらまずは俺のお小遣いの額を参考にして——とかおそらくはズレてるであろうことを考えていた、そのとき。

「——今回のご依頼ですが、作業内容と作業時間的に、どのくらいが相場になりそうですか?」

空気にすっと馴染《なじ》むような、自然な声が聞こえる。

「大切なお仕事の時間をいただくわけですし、僕らも最大限の謝礼はしたいと思ってるんですが、もちろんこんなことは初めてなので、わからないことだらけでして……」

ぺらぺらと、まるで考えてきたかのように流暢《りゅうちょう》な言葉を並べたのは、水沢《みずさわ》だった。

「えーと。相場ですか、そうですね……」

遠藤さんは水沢の立ち振る舞いに驚いたような表情をしたあと、あごに手を当てて考えはじめる。隣では足軽《あしがる》さんも目を丸くしていて、いまの一瞬だけで空気を変えてしまったかのようなな。

なんというかその様子は、選挙活動のときに校門前、もしくは体育館で応援演説をしていたときの水沢に似ていた。そういえばこいつ、こういう『形式』を使った会話は、下手《へた》すれば日南《ひなみ》とタメを張れるくらい強いんだったな。

「大体……」

直接的に言うのは憚《はばか》られたのか、その額は遠藤さんがカフェに備え付けの紙のナプキンに万年筆でざっくり書き、それが俺にこっそり渡されるというかたちで提示された。

「……なるほど」

まあ大雑把《おおざっぱ》に、俺と水沢《みずさわ》二人のバイト代を足しても半年分くらいは吹っ飛ぶ額だった。はっきり言って現実的ではない。俺はそれを水沢と菊池《きくち》さんに回して伝える。菊池さんはその額を見て、まるで海外の通貨でも見たかのように目を丸めた。まあたしかに菊池さんは普段白い羽とかを通貨にしている可能性があるからな。

「あー……」

水沢がネガティブな色の声を出すと、遠藤《えんどう》さんがまあ、と頷《うなず》く。

「高校生にはなかなか厳しいですよね。だから、多少クオリティを下げて、あとは足軽《あしがる》さん割引で、その半額くらいまでなら……って感じですけど、それでも高いですよね」

「……はい。厳しいですね」

水沢は遠慮するような間を取りつつも、返事自体ははっきりと、意思を表明した。

「けどごめんなさい、それ以下だと僕も生活がありますし、時間は取れなくて。……けど、本当に簡易なフリーゲームみたいなものだと、ちょっとイメージと違うんですよね？」

すると水沢は頷き、

「はい。だから上手《うま》く落としどころが見つかれば良いんですが——」

真剣な表情でふむ、と迷いはじめた。

水沢の細く長い指はテーブルの上でとんとん、と小さくだけ動き、斜めに伏せられた視線はこの場の空気と、頭のなかを精査しているということだろう。

「……」

沈黙を気にせず言葉を溜《た》めている水沢だが、やがてその視線は、俺に、そして菊池さんに交互に向く。それは助けを求めているというふうではなく、むしろ、手がかりを探しているようで。

しばらくすると水沢の視線はじっと俺で止まり、口元が笑った。

「……うん？」

なにかすごく嫌《いや》な予感がする。俺がその理由を尋ねようとすると、水沢は企《たくら》んだようなトーンで、

「文也《ふみや》、ちょーっと、がんばってもらうことになるかもだけど、いいよな？」

「え？」

「――では遠藤さん、足軽さん」

俺に確認っぽい言葉を投げかけたあと、その返事を待たずに水沢は二人の名前を呼んだ。わざわざ改まって名前を呼ぶ、というのは会話において結構強いカードで、二人は呑《の》まれたように視線を水沢に向けた。

「ここで一つ、僕らから提案があります」

指を一本だけ立てて、自信ありげな表情をつくる水沢。どう見ても大人二人を前にした高校生の態度ではない。足軽さんと遠藤さんは目を丸くしたまま、水沢の表情とその指先に、目を

奪われていた。

「めちゃくちゃ今更なんですが、僕らは高校生で、まあ正直あんまりお金がないんです」

「あはは。そうだよね」

おどけるように、誇張して情けないトーンで言う水沢《みずさわ》に、遠藤《えんどう》さんが笑う。そのコミカルでかわいげのある雰囲気《ふんいき》は、話す内容の角を丸めていた。

そして、俺は気がつく。

いま始まったのは――交渉だ。

「はい。バイトしてはいるんですけど、たぶん大人と比べたらめちゃくちゃ貧乏です……」

「はは！　それはそうだろうね」

本音を隠して形式を積み重ねるように、水沢は言う。それはたぶん、地味ながら高度なテクニックで、条件面だったりお金の話だったり、自分と相手の利害に関わるコアになる部分の話を、柔らかく共有している。それはたぶん交渉ごとにおいて必須のスキルだし、そこに自分から踏み込むことで、主導権を握ることすらできるだろう。

けど、俺は水沢のこの突然始まった演説がどこに向かっているのか、想像できていなかった。

「それで……お金がないっていうのにも一応理由がありまして」

「理由？」

「はい」

そして水沢の視線は俺へ向き、

「このnanashiくんには、最近買わなくちゃいけないものが多くてですね。それがなにかわかります？」

「……いや」

突然のクイズ形式に、遠藤さんは首を傾《かし》げた。こうして定期的に相手に投げかけるのも、水沢のテクニックのうちなのだろうか。そういえば校門前の選挙演説のときも、「眼鏡を掛けたキミも！」みたいなこと言ってたよな。

そして水沢は俺にアイコンタクトしながら、にっと笑ってこう言った。

「──配信機材です」

その言葉に足軽《あしがる》さんと遠藤さんは納得したように頷《うなず》き、俺は──ただただ驚いていた。

たしかに俺はプロゲーマーを目指すと決めて、Twitterのアカウントもきちんと作って、今後定期的にオフ会などにも顔を出すことに決めていた。そしてそれと同じように、自分で動画や生放送を配信して、可能性を探っていきたいという思いもあった。

けど、俺はそれを水沢に話したことはない。

つまりいま、水沢が話しているのは推測であり──言い方を変えれば、ハッタリだ。

「彼はいま本気でプロゲーマーを目指していて、けどまだなれてはいないという駆け出しの状態なんです。ここから機材をそろえて、コンスタントに活動して、影響力をつけて。それを仕事に結びつけていければ、というところなんですよ」

「そうだね。その辺りは僕もなんとなく聞いてるよ」

足軽《あしがる》さんは頷《うなず》く。

それを確認した水沢《みずさわ》は、

「ここからが本題なんですが――」

自信ありげに俺の肩をぽん、と叩《たた》いた。

「遠藤《えんどう》さん。未来のnanashiの影響力を、買ってみませんか?」


そのとき、俺は水沢がしようとしていることを理解した。

「まず彼がプレイしているゲーム『アタックファミリーズ』。これは日本でも最大規模の参加人数を誇る、大人気ゲームです。そして彼はそのゲームにおいて、オンラインレートで日本一位の戦績を誇っています。しかも、それを守りつづけている。これってつまり、ある意味では日本一のゲーマーと言っても過言ではないんですよ」

「話は聞いていたけど……そう言われると、思ったよりもすごいかもしれないですね」

事実を交えたハッタリという名の形式で、論理を組み立てていく水沢。遠藤さんもこれはただの高校生の戯《ざ》れ言とは違う、と感じ取ったのかもしれない。真剣な表情になって、水沢の次

の言葉を待っていた。

「けど、人生というゲームのほうはそんなに甘くありません」

水沢《みずさわ》は肩をすくめ、眉《まゆ》をひそめてみせる。

「プロゲーマーとなると人気商売でもありますから、ただプレイが上手《うま》ければいい、というわけにはいきません。どうしても、それとは別の付加価値が求められます」

「そのとおりだね」

足軽《あしがる》さんが頷《うなず》く。

「見た目だったり、経歴だったり、年齢だったり。いろいろなものが総合的に判断されて、やっと人気に繋《つな》がっていきます」

「うん。僕もそう思います」

遠藤《えんどう》さんも頷いた。

「もしもゲームが上手くても喋《しゃべ》ることが苦手だったり、出《い》で立《た》ちや雰囲気《ふんいき》が、どうも地味だったり。そういう人はどうしても、強いだけでは人気を得られなかったりします」

そして、水沢は視線を俺に投げかけながら。

「けどnanashiの場合は——どうやら、大丈夫そうじゃないですか?」

投げかけに、遠藤さんはまた頷く。そんな様子を、足軽さんは感心したように見ていた。

「なるほど……たしかに、キャラクターがある、ってことですよね」

すると、水沢はびしっと遠藤さんを指差し、

「はい。おにただです！」

「おっ！　ブインだね」

足軽さんが喜んだように言った。なんだこれ。日南《ひなみ》と俺以外の人間がおにただを使っているところを初めて見たし、あとおにただが一発で伝わっているところも初めて見たぞ。なんてハイコンテクストな空間なんだ。

そして水沢は、自慢の商品を紹介するように、俺を手で示してみせた。

「彼はアタファミ日本一プレイヤーで、喋りもそこそこ上手で、見た目もかなり垢抜《あかぬ》けてて――そしてなにより、現役の高校生です。言うならば『イケメン高校生アタファミトッププレイヤー。トークもできるよ！』。これはもう、キャッチフレーズとして文句なしですよ！」

「ははは！　たしかにね」

足軽さんは大きく笑う。人に勝手なキャッチフレーズをつけないでくれ。

けどたしかにオフ会でその話題になったとき、思ったことはあった。

俺のもとのゲームの実力と、日南から貰《もら》ったスキルを掛け合わせたことによって、なんというか俺は、あまりにも属性過多になっているのだ。

「ここまで来ればもう、おわかりですよね」

興が乗ってきたように、水沢の言葉にはテンポが生まれていく。

熱量と自信を感じる表情は、その場の空気の形を変えていった。

「そんなnanashiのSNSを、遠藤《えんどう》さんの作っているゲームアプリの宣伝に使えたら、とても大きな効果を生む、ということです」

「……なるほど」

そこで行われているのは、もはや高校生のバースデーパーティの話し合いを超えた、商談だとか舌戦だとか、そういった類《たぐ》いのものだった。

遠藤さんは何度か頷《うなず》き、まんざらでもない様子だ。ただ、まだ決め手はない、そんなところだろうか。

「文也《ふみや》、nanashiのアカウントって持ってるよな？　いま開ける？」

「え？　お、おう」

俺はスマホのアプリを開くと、自分のプロフィールへと飛んで水沢《みずさわ》に渡した。

水沢はそれを、遠藤さんへ見せる。

「いまはフォロワーが約一万と少し。けど……そうですね」

水沢は俺のほうをちらりと見ると、なぜか一瞬だけ目が合ったあとで、さっと逸《そ》らした。

「まずは——これをあと三か月で、二倍まで増やしてみせます」

え!?　と言いたくなったが、そこで水沢が俺の足の辺りを軽くパンチしたので、俺はなんとか声を我慢する。う、話を合わせろってことですね。

「……はい、してみせます」

「なるほど、それは魅力的ですね」

　すると水沢がにっと怖い作り笑いを俺に向けて、そのまま笑顔を柔らかく変えて遠藤さんと足軽《あしがる》さんに向き直った。

「ということで、僕らからの提案の詳細はこちらです。――nanashiのアカウントでまずは半年間、遠藤さんの制作するゲームのことを、宣伝していく。その代価として、今回のゲームの制作をお願いします。その後も契約を続けるかどうかは、またそのときに話し合う」

　話をまとめた水沢は、握っていた主導権をすっと、相手に返すように。

「以上で、いかがでしょう?」

＊＊＊

「今日は、ありがとうございました」

　喫茶店の前。話がまとまった俺たちは会計を終え、五人で店の前にいた。ちなみに呼びつけてしまった手前、会計は俺たちが出させてもらおうとしたのだけど、足軽さんが「トイレに行ってくる」と言って席を外したと思いきや、こっそり支払われていた。これだから大人はやることがずるい。

「それじゃあnanashiくん、完成から半年間、よろしく頼みますね」

「はい。こちらこそ！　またゲーム仕様の詳細は送ります」

そうして遠藤《えんどう》さんと交わした取引について、復唱しあう。

「あと、フォロワー二倍もな？」

「こいつ……」

水沢《みずさわ》の煽《あお》りに不服の睨《にら》みを入れると、足軽《あしがる》さんと遠藤さんは愉快そうに笑った。

水沢の大演説の末。遠藤さんはその内容に納得してくれたようで、遠藤さんの作品を半年間宣伝することでオリジナルゲームを一作提供してもらう、ということで無事話が進むことになった。なにやら流れで俺がフォロワーを増やさないといけないことになったけど、まあもともとプロゲーマーとして箔をつけなくちゃいけないと思っていたから、これに関しては丁度《ちょうど》いいきっかけができたと考えればいいだろう。

「それにしても水沢くん、すごかったね。怒濤《どとう》の演説というか、まるで大人のプレゼンを見てるみたいだったよ」

足軽さんが愉快そうに言うと、

「いえいえ。ああいう言葉を並べるのが、得意ってだけですから」

水沢はニヒルに笑い、どこか寂《さび》しげに言った。

それはたしかに水沢が普段から得意としている分野だったけど――言葉を並べる、というのはどこか、冷たい言い回しに聞こえた。

それこそまだ、『形式』から脱せていないことを自嘲《じちょう》するような。

「高校二年生であれは大したものだよ。いつか一緒に仕事したいくらいだ」

「ははは。機会があったら、よろしくお願いします」

いつもの笑顔と、いつものテンポで、社交辞令を躱《かわ》すように言う水沢に――

「機会があったら、じゃなくてさ」

足軽さんが、一歩踏み込んだ。

「……はい？」

足軽さんはポケットに手を入れて、黒いカードケースを取り出す。そのまま一枚の四角い紙切れを取り出し、水沢に渡した。

「これ、僕の名刺だから。もしも何年後か、大学とかを卒業してもやりたいことがなかったら、いつでも連絡してくれ」

「……っ！」

水沢ははっとした表情で足軽さんと、そしてもらった名刺を交互に見ている。

やがてふっと俯《うつむ》き、水沢の目元が前髪で隠れ、見えなくなってしまった。

「わかりました」

そうして水沢《みずさわ》の口元が、なにかを噛《か》みしめるように、小さく笑ったのだけが見えた。

「それじゃあ僕は、家がこっちだから」

「僕もこれから、別件の打ち合わせがあるので」

そうして足軽《あしがる》さんは歩きで、遠藤《えんどう》さんはタクシーでその場を去っていく。慣れない出来事が起こりまくった話し合いを終え、ぐったり疲れた俺たち三人が喫茶店の前へ取り残される。

「……お疲れさまでした。なんだか今日は、盛りだくさんでしたね」

気を緩《ゆる》ませたような声で言う菊池《きくち》さんは、なんだかいつもよりも背が丸まっているように見えた。まあ紅一点で、大人の商談みたいな会話を横でずっと見守ってたわけだもんな。俺もある種、商材にされた立ち場だから、気持ちはよくわかる。

まあ、ともあれ。

「水沢のおかげで話がうまくまとまった。ありがと」

俺が本心から言うと、水沢は片眉《かたまゆ》をくいっと上げつつ、

「どういたしまして。けど、そもそもあれは文也《ふみや》のスペックのおかげで成立してんだから、もっと自分を誇れよ」

「ま、まあ……そうか。……おう」

俺は褒《ほ》められて妙に照れた気持ちになりながら言葉をこねていると、水沢が「なあ、文也」

と落ちついたトーンで言う。

「……うん？」

「俺、気がついたんだけどさ」

「なにをだよ？」

聞き返すと、水沢は俺を肯定するように、真っ直《ます》ぐ見ていた。

「お前がなにかを宣伝する代わりに、その相手から自分が欲しいものを提供してもらう。これってーー」

水沢はびしっと、俺を指差す。

それは最近見られなくなった、あいつのあの動きに似ていて。

「やってることーープロゲーマーそのものじゃないか？」

「……あ」

言われて、たしかにそうだよな、と思った。

自分の発信力を差し出して、営業をして、スポンサーと契約して。

契約期間に相手を宣伝しつづける対価に、お金やものなど、自分に必要なものを受け取る。

これは足軽さんや、その他多くのプロゲーマーがしている、代表的なビジネスの形態だ。

「……ほんとだ」

そのとき俺の胸に、じんわりとした高揚感が湧《わ》き上がるのを感じた。

それは日南《ひなみ》との人生攻略で難しい課題を達成できたときに湧き上がった感覚と似ていて。

きっと俺にはこれがあるから、前に進むことができる。そんなことを思っていた。

「俺……いつの間にか、自分の夢に近づいてたのか」

そしてそれを導いてくれたのはほかでもない、目の前にいるこのうさんくさい男だ。

「だな」

水沢《みずさわ》は少年っぽく笑う。

やがて水沢はもう一度、今日を肯定し直すように口を開いた。

「だから、こういうのってさ」

「うん?」

「ひょっとしたら、天職なんじゃないか?」

「おう……そう言ってもらえると嬉《うれ》しいよ」

俺も自分のなかに自信が芽生《めば》えるのを感じながら、素直に気持ちを表明する。すると水沢は、どうしてだろうか——

「や、それだけじゃなくてさ」

どこか満足げに、いつもとなにも変わらない、暮れてきた夕陽を眺めていた。

「こういうの——俺にとっても天職かも、なんてな」

＊＊＊

帰りの電車内。俺たちは三人で吊革《つりかわ》につかまり、今日のことを振り返っていた。

「あとは……作ってもらうだけですね」

「そうだね」

俺が頷《うなず》くと、水沢も頷いた。

「ま、俺はやれることやったからさ。あとの細かいハンドルは、文也《ふみや》にまかせるよ」

「え、俺に？」

言われて驚いたが、少し考えて俺は納得した。

「けど……そうか。日南のこと、俺が一番知ってるんだもんな」

「そーだな」

「……はい」

二人の相槌《あいづち》にはどこかいろいろな意味が含まれているように感じられたけど、人間関係なんていうのはもともとそういうもので、シンプルに相関図だけで表される関係なんて、きっと本当はないのだ。

「私にも出来ることがあれば、なんでも言ってください」

「うん。……ありがとう」

嫉妬《しっと》めいた気持ちと、罪悪感めいた気持ちと、解き明かしたい気持ち。感情と贖《あがな》いと業が一緒くたになったような混沌を、たった一人に向けてしまう迷いがあったり。

「これだけやれば葵《あおい》にも、喜んでもらえるだろ」

「そうだな。……俺もそう思う」

自らが『形式』でしか生きられないことを負い目に感じ、けれど自分よりも『形式』を徹底している他者に底知れなさを覚え、それが好意に転じて、本気の感情を生んだ矛盾《むじゅん》があったり。

「俺らが一番、日南《ひなみ》のことをわかってるからな」

そして——生まれてこのかた個人として生きてきたのに、自分を変え、世界の見え方を変えていくうちに、恋人でない誰《だれ》かを唯一特別に思ってしまった、不誠実があったり。

俺たちはたぶん、小さな迷いや矛盾や不誠実を抱《かか》えながら、ときに見て見ぬ振りをしながら、少しずつ前に進んでいる。

たぶんそれが、あるがままの人間というもので。

「——っ!?」

「おっと、風香《ふうか》ちゃん危ない」

電車の急停止でバランスを崩した菊池《きくち》さんが、水沢《みずさわ》のほうへふらりと倒れる。そういうとき水沢はスマートなもんだから、しっかりと菊池さんを抱え止めて、体が安定するまで支えてしまう。

「あ、ありがとうございます」

「大丈夫。怪我《けが》ない？」

「は、はい」

そうして水沢を見上げる菊池さんを見ていて、俺はつい、

「お、おい！　水沢！」

「ん？　どーした文也《ふみや》」

反射的に、感情のままの言葉を吐いてしまった。

「な、なにやってんだよ、それ」

「なにって……危なかっただろ」

言われて、俺ははっとする。

だっていま、もしも水沢が抱え止めていなければ、菊池さんは転んでしまっていたかもしれないわけで。だとしたら俺の大切な人が守られたってことになるわけで、ってことはむしろ、俺がするべきことは——。

「いや……そうだよな」

そして俺は感情を抑え、理性で言葉を紡《つむ》ぐ。

「すまん。……ありがと、俺からも」

「なんだそれ？　どーいたしまして」

水沢《みずさわ》は苦笑しながら、俺をからかうように見ている。

「ははは。文也《ふみや》のそんな顔、初めて見た」

「う、うるせぇ」

こうして理屈だけでは説明しきれない妙な行動をしてしまうところもまた、あるがままの人間、ということなのだろう。……そ、そういうことで、失礼をお許しください。

＊＊＊

俺と菊池《きくち》さんは大宮《おおみや》で水沢と別れ、またも菊池さんを家の前まで送っていくことにした。水沢はちょっと用事が、といって大宮の喫茶店に入っていき、そこから俺たちは二人で電車に乗ったのだ。

北朝霞《きたあさか》の駅前からの道を、二人で歩く。

「でも、本当に話がまとまってよかった。……菊池さんも協力してくれて、ありがと」

「ううん。私も、これでちょっとは気が晴れそうです……って、やっぱりその動機が不純だ、って話ではあるんですけど」

「そんなことないって」

創作者として、本来許される範囲以上に日南《ひなみ》へ踏み込んでしまった菊池さん。思えば、演劇で日南に言わせたあのセリフの鋭さはおそらく、日南にも届いていた。

「それから、水沢とも仲良くなってくれて……えーと、よかった」

言いながらも俺は、さっきの感情を思い出して、ちょっと微妙な気持ちになってしまっていた。いやいや、それでも仲良くなってくれてめでたいものはめでたいからな、うん。

すると、菊池さんはなぜか不思議そうな目で俺を見ていた。

「え、な、なに？」

「文也くん……もしかして」

そしてじっと俺をのぞき込む目は、俺の弱いところを捉《とら》えていた。

「……嫉妬《しっと》、してましたか？」

「なっ……!?　い、いや、そんなこと……」

と俺は強がりそうになったものの、そうやって外側の部分にこだわるのはよくないな、と思った俺は、やっぱりその強がりの仮面を、外すことにした。

「いや……嘘《うそ》だ」

そして、観念したように言う。

「ほんとは、結構嫉妬《しっと》した」

すると菊池《きくち》さんは一瞬だけぴく、と肩を震《ふる》わせて、くすりと笑った。

「よかった。文也《ふみや》くんも嫉妬すること、あるんですね」

「いや、そりゃ俺も人間だから……」

なぜか、菊池さんは満足げに笑っている。

「ふふ。付き合い始めてから文也くんに嫉妬されたのは初めてな気がして、嬉《うれ》しいです」

「な、なにそれ……」俺は言いながらも、少し考える。「べ、別に初めてでは……」

すると、菊池さんはふふ、と小悪魔っぽく笑う。

「そうなんですか？　けど、気がつかなかったです」

言いながら、菊池さんはやっぱりご機嫌である。

「喜ばないでよ……こっちは大変なんだから」

「大変なんですか？」

「そーだよ。相手が水沢《みずさわ》となると余計に」

俺が言うと、菊池さんはきょとんとした。

「どうして水沢くんだと？」

「そ、そりゃあ……水沢って、ああいうやつだし」

抽象的に言うと、菊池さんは余計きょとん、と首を傾《かし》けた。

「水沢くん、信用してないんですか？」

「ああいや……そういうことじゃなくて」

「うん？」

「むしろ、信用してるからこそ、というか……」

「信用してるからこそ？」

俺は頷《うなず》く。けど、たしかにこれは、問われてみないと自分でもわからない感情だったかもしれない。

「水沢も……菊池さんも。人として、めちゃくちゃ魅力的だと思ってるからさ。裏切りとかじゃなくて、普通に惹《ひ》かれ合ってもおかしくないなー、って」

すると、またきょとんとしてから、菊池さんはふふ、と笑った。

「……そんなに水沢くんと、私のこと、思ってくれてるんですね？」

「……まあ」

俺はそっぽを向きながら、照れてぽりぽりと頭をかいてしまう。めちゃくちゃわかりやすく漫画のキャラみたいなムーブをしてしまっている。

すると。

菊池さんの指先が、俺の袖口《そでぐち》をつまんだ。

「──大丈夫ですよ」

そして、俺はぐい、と優しく引っ張られ。

俺の唇《くちびる》に、菊池《きくち》さんの唇が触れた。

「っ!?」

それは一瞬触れるだけの軽いもので、だけどさっきまでの会話のすべてを吹き飛ばすほどの、破壊力があって。

「私が好きなのは、文也《ふみや》くんだけですから」

いつか俺が菊池さんに伝えたのと似た言葉を、菊池さんは言った。

「う、うん……俺も」

そしてすっかり魂を抜かれてしまった俺は、頼りなく同意の言葉を口にするので精一杯になっていた。あれ？　ちょっとさっきから主導権握られっぱなしだな？

やがて、俺たち二人は菊池さんの家の前に到着する。

「今日は、ありがとうございました。いろんな世界を見れて、嬉《うれ》しかったです」

「うん。こちらこそ、わざわざ来てくれてありがとう」

頷《うなず》くと、菊池さんは鍵《かぎ》を開けて、家のドアに手を掛けた。

「おやすみなさい」

「うん。おやすみ」

そうして菊池さんと別れ、俺は北朝霞《きたあさか》駅への道を一人で歩き、帰路につくのだった。

＊＊＊

——と、思いきや。

菊池さんを送り届けてから数十分後。

俺は乗り換えのために降りてきた大宮《おおみや》の埼京《さいきょう》線のホームで、なぜか水沢《みずさわ》と合流していた。

「で……なんだ？」

「ははは、そんな警戒するなって」

「わざわざ二人で話したいって……そりゃ警戒するに決まってんだろ」

「そりゃ、さすがに彼女を送りにいく男を、引き留めるわけにはいかなかったからね」

「それは気遣いどうも」

俺が皮肉っぽく言うと、水沢はくくくと笑い、

「まあ、いつでもよかったんだけどさ。決めた段階で、文也には言っておこうかな、って」

「言うって……なにをだよ？」

俺は問い直しながらもなんとなく、水沢の言うことがわかるような気もしていた。

「俺——今回の旅行でもう一回、葵《あおい》に告白しようと思ってる」

「……そうか」

「へえ、思ったより驚かないんだな」

別に、具体的にそれを言ってくると予想できていたわけではない。けど。

「水沢《みずさわ》ならどうせ、予想を超えた行動するんだろうなって、予想してたから。つまり予想通り」

「ははは。それ、予想通りなのか？」

そして水沢は、ふっと寂《さび》しげに笑う。

「告白つっても、夏休みからなんか進展があったわけでもないし、別に勝算があるわけでもないんだけどさ」

水沢は、なにかを思い出すように。

「こないだ、話題になっただろ。あいつがあんなふうに疲れを出すのは珍しい、って」

「そうだな」

「お前の話を聞く限り、たぶん原因って、お前だろ？」

「そんなこと……」

俺が否定しかけると、水沢はじっと俺を見て、

「ない、か？」

短く、けれど強く放たれた言葉と、鋭い眼光。俺は言葉を失ってしまう。

たしかに、そうなのだ。きっとあいつが仮面を被りはじめてから。あいつの本音の部分に最も近づいたのは、おそらく俺だ。

だから俺は、さっきの言葉を奥にしまい込みもう一度、口を開く。

「いや……もしかしたら、あるかもしれないとは、思ってた」

「だよな」

そして水沢は、力強く、そしてまた好戦的な視線で、俺を射貫《いぬ》いた。

「こんな言い方悪いけどさ。これってチャンスなんだよ」

「……チャンス?」

「あんなに分厚い仮面を被って、こっちがずけずけと踏み込んでも、その踏み込んだ部分を魔法みたいに反転させて自分はどこか遠くに逃げてるような葵《あおい》がさ。——いまは、どうやら弱ってるように見える」

水沢はおどけるように、片眉《かたまゆ》をくいっと上げる。

「こんなこと、めったにないだろ?」

「なんだよそれ、ずるいな」

「ははは。いいんだよ。俺って基本的にずるい男だし」

そして、水沢はまたふっと笑みを沈め、

「けど、ほんとの意味での『チャンス』ってのはそれのことじゃなくてさ」

にっと、挑発的に笑った。

「――葵《あおい》を狙《ねら》う上で一、番、の、ラ、イ、バ、ル、が、別の女の子とくっついてくれてるってことだよ」

「っ！」

それが誰《だれ》のことを指しているのかは、言うまでもなかった。

「俺って、別になにかに固執しないいし、人生なるようになるって思ってるタイプなんだけどさ」

それは宣言とも宣戦布告とも取れる言葉で。

「欲しいって思ったものには、全力で手を伸ばすことにしたんだよ。だから、文也《ふみや》」

呼ばれた名前は、妙に現実的に、鼓膜《こまく》へ響いた。

「――サプライズ、成功させような」

4　なにをしてもダメージを与えられないボス敵は、回復が弱点だったりする

それから数週間。今日は三月の十九日、土曜日。日南葵《ひなみあおい》の誕生日であり——旅行の当日だ。

俺の頭には水沢《みずさわ》に言われたことが、ずっとぐるぐると回っていて。


『俺——今回の旅行でもう一回、葵に告白しようと思ってる』


それは俺にとって、悪い知らせというわけではなかった。

だって俺は菊池《きくち》さんと付き合っているのだし、水沢のことも、人として信頼している。むしろ、同性のなかでは一番信頼しているとすら言ってもいいかもしれない。

だからもし水沢の言うとおり、この日南が弱っているタイミングで告白が成功し、二人が付き合うことになったのだとしても、俺はなんの異論のもないどころか、むしろ歓迎したいとすら思っていた。

「だが……なんだ、この感情は……？」

たぶん、嫉妬《しっと》ではない。恋心でもない。

けど、どうしてか日南葵が誰《だれ》かと恋仲になるということに、複雑な思いを抱いている俺がい

て。

「むずかしい……これが人生……」

俺はその心の動きに名前をつけることができないまま、出かける準備を進めていた。

バッグに入れているのは最低限の着替えと、みんなで楽しむためのボードゲーム。

そして一昨日——足軽《あしがる》さんから送られてきたデータを保存した、タブレットPCだ。

日南を喜ばせるためのプレゼント。ただ足軽さんにまかせるだけでなく、自分たちにできることも詰め込んだ、あいつのためのオリジナルゲーム。

これなら日南を喜ばせられると思った。もしかしたらあいつの心のいままで届かないところにも、触れられるかもしれないと思った。だから俺はこれをきっかけにもう一度、日南との関係についてきちんと考えたいと思ったのだ。

だとしたら俺がするべきことはきっと、一方的になにかを押しつけたり探りを入れることではなく——対話することなのだろう。

昨日からテーブルの上に開いておいたノート。俺はそこに目をやり、書かれている文字を確認する。

それは俺が俺自身に課した、この旅行での『課題』だ。

『日南と二人で、本音を話す。』

俺は、一週間ほど前に日南《ひなみ》に送ったLINEのトークルームを確認する。そこには『来週の旅行中、どこかのタイミングで二人で話したい』と送られた俺のメッセージと、そこに付いた既読の文字だけが表示されていた。

返信はなかったけれど、既読は付いている。ブロックされているわけではない。だったら望みはあると、思ってもいいのだろうか。

「行ってきます」

俺はまだ誰《だれ》も起きていない休日の静かな我が家にこっそりと挨拶《あいさつ》をして、駅へと歩き出した。

＊＊＊

北与野《きたよの》駅前に到着すると、俺は夏休みの合宿を思い出す。

そういえばあのときは、ここからみみみと一緒に、集合場所へ向かったんだっけ。

たぶんあのときはお互い、友達や戦友としての信頼感はあったけど、異性として意識していたわけではなくて。だからこそ、二人で向かうなんてことができたわけで。

みみみに感謝を告げられて、ヒーローみたいだったなんて言われて、人生と向き合ったことの、喜びを改めて感じて。

だけどあのとき距離も心も縮めたはずの二人は、いまは別々に大宮《おおみや》へと向かっていた。

『まもなく各駅停車、大宮行きの電車が参ります』

何年も住み、すっかりと聞き慣れた駅のアナウンスを聞くと、俺は電車に乗り込む。

一年前は一人で学校に行ったり、一人でゲームを買いにいったり、一人でゲームセンターに行くためだけに使っていたこの電車だったけど、いつのまにか日南と一緒に服を買いにいったり、日南に連れられて他のメンバーと一緒に買い物に行ったり、あいつのおかげでだんだんと、一人以外の時間が増えてきて。

そしていつの間にか日南がいなくても俺は、菊池《きくち》さんとデートをするためだったり、水沢《みずさわ》のいるバイト先に向かうためだったり、いろいろな用途でこの電車を使うようになっていった。

窓の外を流れる埼玉の街並みを眺めながら、戻らない時間を懐《なつ》かしんでいる。

「景色は、なにも変わってないんだよな」

始発に近く、ほとんど乗客もいない電車で、言葉にならないくらいの声で呟《つぶや》いた。

街並みも、差す陽の光も、電車の揺れ方も。

なにもかもあの頃《ころ》から、変わっていなくて。

だけど俺の目に映る景色は、なにもかもが変わったように見えて。だとしたらきっと、変わったのは俺なのだろう。

そして、変わるきっかけをくれたのは——言うまでもなく日南《ひなみ》だった。

やがて、電車が大宮《おおみや》に到着する。俺は電車を降りると埼京《さいきょう》線のホームから階段を上り、1・2番線のホームへ向かった。

ホームの4号車の辺りの椅子《いす》に、俺が選んだ女の子が座っている。

「……おはようございます」

「うん、おはよう」

そうして俺は駅のホームで菊池《きくち》さんと合流すると、二人で品川駅へ向かう電車へ乗りこんだ。

＊＊＊

「そういえば……制服？」

「あ、そうなんです」

京浜東北線の車内。今日は休日でこれからみんなでＵＳＪ《アンリミテッド・スペース・ジャパン》だというのに、どうしてか菊池さんは、関友《せきとも》高校の制服を着てきていた。

「実は……女の子たちといろいろ話して、制服リミテしたいよねって！」

「へえ！」

うきうきした口調で言う菊池さんに、俺は明るく声を返す。

制服リミテとはその名の通り、制服を着てUSJに行くことを意味する陽キャ国の言語である。いわゆるインスタとかティックトックとかそういうところで、キラキラした感じの女子高生が充実した姿をアップしているアレだ。そんな映えワードが菊池さんの口から飛び出しているのが新鮮すぎるけど、等身大の女子高生感を身にまとっている菊池さんのことも、それはそれで推せる。

「私……そういうの初めてで、楽しみです！」

珍しく明るく熱のこもった口調で言う菊池さんに、俺は笑顔を向けた。

「あはは、すごい伝わってくるよ」

菊池さんは照れたようにはっとして、顔を赤らめてしまった。

「そ、そうですか？」

「うん。楽しんでもらえそうで、安心した」

「ふふ。とってもワクワクしてます。友崎《ともざき》くんは、どうですか？」

そう尋ねてくる菊池さんに、

「俺もすごい楽しみ。友達と遊園地とか行くの初めてだし……」

「そ、そうですよね！　私もです！」

なんかあまりにネガティブなことを共有している気がするけど、菊池さんが楽しそうだからそれでOKです。

「うん。それからさ」

俺はちょっと照れそうになるのを隠すように。

「彼女と一緒に旅行するっていうのも、初めてだからさ……それも、楽しみ」

「あ……」

そして俺は自分で言っておいて恥ずかしくなってしまい、「ああいや、なんちゃってね」とか言って誤魔化《ごまか》そうとしてしまう。俺は弱い。

「友崎《ともざき》くん！」

「ん？」

それは天使や妖精《ようせい》と言うよりも、一人の無邪気な女の子としての笑顔で。

「――たっくさん、楽しみましょうね！」

「うん。……そうだね！」

表情の眩《まぶ》しさに照らされて、俺もつられて笑ってしまう。

俺の目標。水沢《みずさわ》の宣言。もしそれらが、きちんと実行されていくのだとしたら。

きっとこの旅行は、俺たちの関係性の、なにかを変えるものになるだろう。

だからこそ俺は、これからの時間をめいっぱい楽しもう。

そんなことを、思っていた。

＊＊＊

それから約一時間後。

品川駅の新幹線の乗り場の改札付近。

集合場所には日南《ひなみ》、水沢、中村《なかむら》、たまちゃんが先に到着していた。ちなみに日南とたまちゃんはしっかりと制服を着用しつつも、二人とも少しだけ制服を着崩していた。これは制服リミテっぽくなってきましたね。男子は私服だが。

「あ！　友崎くんたち来た！」

そんなふうに気軽に俺の名前を呼んだのは、日南だ。

「おはよう……めちゃくちゃ眠い」

俺が誰《だれ》に向けてと言うわけでもなく呟《つぶや》くと、

「おはよ。楽しみで寝られなかったとか？」

「……おう」

そんなふうにあくまで仮面として接しつづける日南に、俺は短く返事だけを返した。その暗いトーンはもしかすると、ほんの少しの違和感を生んでいたかもしれない。だとしても、俺は日南に形式だけのコミュニケーションを返す気にはなれなかった。

俺は周囲を見ながら、ある意味で話を逸《そ》らすように、口を開く。

「えーと、あとは、みみみと、泉《いずみ》と、竹井《たけい》か」

いないメンバーの名前を言ってみて、とてもしっくりきた。なんというか、朝に弱そうな三人だ。強《し》いて言えば竹井は楽しみすぎて早起きして一番に来る、とかでも解釈一致だったけど、どうやら今回は寝坊のほうに針が振れたらしい。

「それがな文也《ふみや》。竹井なら、ほら」

「え?」

愉快そうに言いながら、新幹線の乗り場への改札口を指す水沢《みずさわ》。すると、そこには改札の向こうからうるうるした表情でこちらを見つめる竹井の姿があった。ちなみに男子勢で唯一、なぜか竹井は制服を着ている。竹井も制服リミテをしたかったんだな。

「うおおお〜〜〜!　俺を一人にしないでくれ〜〜〜!」

「全員集まったら行くから待ってろって」

中村《なかむら》が顔をしかめながら言う。

その横で、水沢がくくと笑いながら、

「楽しみすぎて一番に到着して、楽しみすぎて新幹線の改札の中まで入っちゃったらしい」

「それは安心した」

そういうことならすごく理解できる。

「安心?」

「俺の竹井観はあってたんだなって」

「はあ?」

「おまたせ〜〜〜!」

そのとき、みみみと泉がほぼ同時に到着する。時計を見てみると6時00分丁度《ちょうど》で、分単位で言えばセーフ、秒単位で言えば遅刻というところだ。実にこの二人らしい。

「よし、揃《そろ》ったね。みんな飲み物とかは買ってある?」

仕切るように口を開いたのは日南《ひなみ》だ。

「行きのコンビニで買ってきたよ〜!」

みみみが返事をして、他のメンバーも頷《うなず》く。

「よし! それじゃいこっか!」

明るいトーンで言う日南を先頭に、俺たちは新幹線の改札をくぐった。

「おお〜〜〜! 寂《さび》しかったぞ〜〜〜〜!! みんな━━━━!!」

そうして旅行開始から一分も経《た》っていないのに感動の再会みたいなことを叫んでいる竹井のことをスルーしつつ、俺たちは新幹線乗り場へ向かうのだった。

＊＊＊

「お、このへんか」

乗車券の番号を見ながら、水沢《みずさわ》が言う。事前に全員分のチケットを取っていた俺たちは、いまから新幹線に乗って大阪へと向かい、荷物を宿に預けたらそのままＵＳＪへと向かう。

「ねね！　席どうする⁉」

ワクワクした口調で泉《いずみ》が言う。

「あー、チケットに書いてあるけど、別にここで九人ならどこでもいいもんな」

「そ、そうですね……！」

と、珍しく自分から相槌《あいづち》を打ったのは菊池《きくち》さんで、たしかにそうしたくなるのもわかった。というのも、今回席は一気に取って、それを一気に発券して朝各自に配っただけだから、誰《だれ》が誰の隣とかは特に配慮していないのだ。つまり渡された番号のまま座ると菊池さんが俺と遠くに座ることになって気まずい感じになったり、たまちゃんの隣が竹井《たけい》になったりする可能性がある。それだけは避けないといけない。

だけど俺はそこで、自分が自分に課した目標について思い出していた。

たしかに旅行はまだ長い。けど、ここは日南《ひなみ》と二人で話すことができる最初の大きなチャンスなんじゃないだろうか。もちろんみんなにも聞こえるようなところでどこまで深い話ができるかはわからない。だけど、大阪に到着するまでの二時間もあれば、なにかしら進展できる可能性はあった。

「えーと、何番から何番が取れてるんだっけ？」

　ということで俺は話題を誘導しつつ、提案してみることにした。

「8Dと、9～12の、DとEだな」

　座席を確認すると、二つ並びの席を四列とその前に一席を確保していて、先頭のみが一人席となるようだ。

「そうしたら、持ってる番号は気にせず、そのなかでは自由に座るか」

　俺が言うと、菊池さんが助かった！と言わんばかりに「そうですね！　そうしましょう！」と強く頷《うなず》いた。そのリアクションを聞いて、俺のなかに迷いが生まれる。ふむ、やっぱりここは率先して菊池さんを誘って隣に座るべきかもしれない。

　と、思っていたら。

「じゃあ風香《ふうか》ちゃん！　私と座ろ～！」

　菊池さんを指名したのは、泉だった。

「わ、私ですか？」

「うん！　いや？」

「そ、そんなことないです！　す、座りましょう！」

「やったー！　あ、窓際どっち座る？」

そんな感じでサクサクと二人は近場の席に座っていく。一瞬どういうことだろうと思ったけど――少し考えたら答えらしきものが見つかった。

おそらく、泉《いずみ》が気を使ってくれたのだろう。

たしかにここで俺が率先して「じゃあ菊池《きくち》さんは俺の隣で」と言えたら安心なのかもしれないけど、もしちょっと出遅れたりして後回しになった場合、菊池さんが孤立するルートもあったわけだからな。その可能性を考えて、先に声をあげてくれたってことだと思う。ありがたい話だけど、逆に言えば俺が菊池さんに気を回すという信頼をされていなかったってことでもある。ありがた悲しい。

けど、これで心配はなくなった。俺が誰《だれ》と座ろうが、問題はないだろう。

と、ここで場が硬直した。

周囲を見渡すと、特にみみみとたまちゃんがお互い目配せしている。

よく考えると女子メンバーは日南《ひなみ》、みみみ、たまちゃん、泉、菊池さんの五人。いま、菊池さんと泉のペアができたことによって、残りは三人になる。

そして男子は俺と中村《なかむら》と水沢《みずさわ》と竹井《たけい》の四人。ここで自然に男子ペアが二組できるとすると、女子の中の誰かが一人になってしまう。

今日は日南のバースデーがメインだし、それは日南になるべきではないだろう。

そうすると、女子は次に出来たペアからあぶれた人が一人席になり――結果、次に誰が誰を誘うのか、ちょっと言い出しにくくなっているのだろう。

ならば、と俺は思い立つ。

どちらにせよ誰かが余るのならば、日南と話すため、ここで俺からあいつを——

「葵《あおい》、座ろうぜ」

自然に空気に入り込むような、柔らかい声が聞こえる。

「お～？　どうしたの？　タカヒロ」

勝ち気な日南の返事を、余裕のある笑みが受け止めた。

「どうしたのって、なにか変か？」

そう。水沢が、日南を指名したのだ。

「……ううん、べつに？」

「じゃ、よろしく。窓側座っていいぞ。あとで写真だけくれ」

「あはは。さっすがやさし～」

その展開に、少なくとも俺と菊池さんはざわめく。そしてこういうのに敏感なのだろうか、泉も「!?」みたいな感じで飛び上がり、二人の様子を注視しはじめていた。泉は恋愛話大好き人間であるため、もしかしたら水沢の気持ちに気がついているのかもしれない。もしくはただの深読み野次馬《やじ》かもしれない。

まあ今回は日南《ひなみ》を祝うための旅行なわけだし、だったら『そんな日南を一人にするわけにはいかない』という前提もあるため、そこまでおかしな行動とは言えないだろう。けど。


『俺——今回の旅行でもう一回、葵《あおい》に告白しようと思ってる』


夜の大宮《おおみや》で聞いた言葉がまた、頭のなかに蘇《よみがえ》る。

あの言葉を聞いた俺からしたら、いまの水沢《みずさわ》の行動は、日南を一人にしないためなんかではなく——。

そこで、俺は気がついた。

俺が自分に課した目標。この旅行中に日南と二人で、本音を話すこと。

けど、水沢もこの旅行中に距離を詰め、日南に告白しようと思っている。

そもそも俺は水沢のことも応援したいわけだし、だから水沢が積極的に日南と話そうとすること自体はいいんだけど……それはつまり、俺が日南と話すチャンスが減る、ということを意味するんだよな。それは、逆もしかりだ。

つまり、いまからの一泊二日。俺の最大のライバルとなるのは——。

「葵、そのニット今年の新作?」

「おおーっ！　さすがタカヒロ、細かいとこまで見てるねえ」

あまりにもスマートに日南をかっさらっていった、この男だ。

「……まじっすか」

あまりに強大なライバルの出現に、俺は頭を抱《かか》えてしまう。味方のときは心強いのに、ライバルになった途端に難易度ハードすぎるだろ。どうにか上手《うま》く共闘とかできないですかね。

「じゃあ……」

そのとき不意に、低く不機嫌な声が耳に届く。俺は思考が現実に戻され、状況を把握する。声の主《ぬし》は中村《なかむら》だった。

見ると、「私たちはもちろんセットなので……」みたいな感じでみみとたまちゃんは既に席に座っていて、残りは俺と中村と竹井《たけい》の三人になっていた。つまりそのなかの誰《だれ》かが一人席になるということになる。まあ、別にいまさらここで一時的に一人になったところで別にいいというか、なにってわけではないんだけど、話し相手がいたほうが単純に旅行を楽しみやすい、というのはありそうだよな。

そして——中村は。

「……友崎《ともざき》、座るか」

「お、おう」

俺は指名されるがままに、中村と隣に座ることになった。えーと……これは。

「しゅ、修二《しゅうじ》～～？」

そうして竹井《たけい》の悲しげな声とともに、中村《なかむら》のなかの『隣に座りたい人ランク』において、俺は少なくとも竹井には勝っていることが判明するのだった。

＊＊＊

新幹線が走り出して、数分。

「……」

「……」

俺と中村のあいだに、沈黙が流れている。

おい、お前が指名したんだからなんかもっと気まずくないようにしてくれよ、と文句を言いたくもなるけど、俺も特に話題が浮かんでいないので人のことは言えない。たしかに俺と中村ってそんなに共通の話題があるわけではないから、急に二人で話せって言われてもなかなか思い浮かばないいんだよな。なんせ中村も俺も本音で生きるタイプだから、言いたいことや聞きたいことがなければ特に発する言葉もないのだ。

「――よね～！」

と、そこで俺の耳に一つ前の席の話し声が聞こえる。席を決めるとき決まったペアは適当に近くの席に座っていき、その結果、俺の前にはみみみとたまちゃんが座っていた。ちなみに俺の後ろが泉《いずみ》と菊池《きくち》さん、みみみたちの前が日南《ひなみ》と水沢《みずさわ》で、先頭が孤独の竹井だ。

そして俺の意識は自然にある一点、俺の二つ前の席へと吸い込まれている。

——水沢と日南の席だ。

「……」

瞬間、俺が流している沈黙はただの沈黙から、日南たちの会話を聞くための沈黙へと変化する。なんというか盗み聞きみたいであれだけど、水沢による告白宣言を聞いた上で二人の会話を気にせずにいろ、というほうが無理があると思う。しかも別に二人っきりの個室空間での話を聞こうとしているわけじゃないから、犯罪的なことをしているわけではない。だから合法、合法です。

自己正当化を完璧《かんぺき》に終えた俺は、しっかりと腰を据えて意識を水沢と日南へ向ける。カクテルパーティ効果とかいう言葉もあるくらいだし、意識を集中させればその会話の内容も聞こえてくるはずだ。

『——————よなぁ!?』

『~~~~~~~~だよなぁ!?』

『……なんだよなぁ!?』

しかし、日南《ひなみ》たちの前に座っている竹井《たけい》がみみみとたまちゃんの会話に対して割り込もうとしている声がデカすぎて、その声しか入ってこなかった。俺は眉《まゆ》をひそめ、はあとため息をつく。

「なんだお前。……気持ち悪いなら、俺に吐くなよ？」

よほど険しい表情をしていたのか、俺は中村《なかむら》にあらぬ疑いを掛けられて、

「ああいや、大丈夫……」

俺は早々に会話の盗み聞きを諦《あきら》めるのだった。

＊＊＊

「そういえばさ」

新幹線が発車して数十分後。窓際の席で頬杖《ほおづえ》を突き、つまらなそうに景色を眺めていた中村が、不意に口を開いた。ちなみに中村は特に話し合いとかもなくドカと窓際に座って、俺はいつの間にかこちら側に座ることになっていた。まあ俺は別にどっちでもいい派なんだけど、基本的に当たりとされている窓際をなんの確認もなく奪われるのが俺と中村という関係なのだと思うとつらい。帰りは俺がなにも言わずに窓際に座ってやろう。

「うん？」

「サプライズ、なんにしたんだ？」

「あー……」

その質問に、俺はちらりと三つ前の日南の席を窺《うかが》う。聞こえたらまずいなーと思ったけれど、相変わらず耳をすましてもなにを話しているかは聞こえず、ということは俺たちの声も聞こえないということだろう。

「まあなんだ……ゲーム関連」

「あーやっぱそうか」

「やっぱって？」

俺が尋ねると、中村は表情をあまり変えずに続ける。

「ほら、なんかお前、葵《あおい》のそういうとこについて詳しかっただろ。だから、俺らはかぶらないようにした」

「かぶらないように……」その言葉に、俺は少し気になった。「中村たちは、何にしたんだ？」

「あー……まあ俺らは、感動系？」

「感動？」

きょとんとして聞き返すが、中村はそれ以上教えてくれなかった。

「ま、基本優鈴《ゆず》にまかせた感じ。あいつこういうの、やたら好きだろ」

「たしかに……気合い入ってそうだな」

合宿でしてもらったことの恩返し、という話しぶりからも、これに懸けている気持ちは人一倍強いようだった。

俺たちもオリジナルゲームという結構凝《こ》ったプレゼントを渡すことになってるけど、ひょっとすると泉《いずみ》は日南《ひなみ》葵《あおい》喜ばせ選手権において強力なライバルとなるかもしれない。

「けど、そっちも結構気合い入ってそうだったろ。特に、タカヒロとか」

「え？　えーと……お、おう」

突然出される水沢《みずさわ》の名前。あの宣言を聞いてしまっている手前、なんとも答えづらい言葉だぞ。それはどういう意味で言ってるんだ。

「特に水沢が……って？」

しらばっくれて答えると、中村《なかむら》はわかりやすく眉《まゆ》をひそめた。

「だってあいつ、葵のこと結構気に入ってるだろ」

俺はその言葉に驚く。鈍感でおなじみの中村も気がついてるということは、相当わかりやすく表に出しているのだろう。まあ菊池《きくち》さんにも足軽《あしがる》さんにもさらっと宣言するくらいだし、隠すつもりもないってことだろうか。

「あー……たしかにそうだな」

「へえ、お前も気付いてるのか。やるじゃん」

「お、おう」

得意気に言う中村に、俺はなんとか無難な相槌《あいづち》を返す。一体なにを根拠に自分は敏感側みたいな前提で話してるんだ、とツッコみたかったけど、隣の席という逃げ場がない場所は腕力がある方が圧倒的に有利なフィールドなので、俺はその言葉を喉《のど》の奥にしまい込んだ。

「だから、まあちょっと安心したんだよな」

「安心？」

中村から飛び出した思わぬ言葉に、俺は関心を引かれた。

「なんつーかあいつって、基本的に人に興味ないだろ」

「あー……」

それはちょっとわかる気がした。まあなぜか俺は紺野《こんの》エリカに啖呵《たんか》を切った件以来『おもしれーやつ』という少女漫画ヒロイン的なカテゴリーに入れられて興味を持たれているのだけど、水沢が基本的に周囲の人間に対して、本当の意味では無関心であるということは、なんとなく見ていればわかることだった。

水沢が興味を持つのはいつも、俺だとか日南だとか、最近で言えば足軽さんとか、そういう『普通』から外れた人ばかりだ。

「俺が家のことで揉《も》めたりしたときも、俺が話そうとしなかったら、タカヒロはあくまで距離を取って見てるだけだった、っつーか」

「いや、うん。わかる」

それはなんというか俺の個人主義とも少し似ていて、水沢《みずさわ》はもしも相手が困っているんだとしても、助けを求めていないのだとしたら、関わらないだろう。俺はその点、関わる権利がないと考えているから、少し違うわけだけど。

「竹井《たけい》なんかは『修二《しゅうじ》ー！　俺を頼ってくれー！』って暑苦しく心配してくんだけど。中間いねーのか中間は」

「ははは。たしかに真逆だよな。冷静と情熱、っていうか」

だからある意味、このグループのバランスを取っているのは、案外中村《なかむら》なのかもしれない。

「……けど、なんでそれが安心？」

俺は気になり、中村に問いかける。

そういえば俺は、水沢と二人で話したり、人には言えない本音を打ち明け合ったり、そんなことをしてきたけど。

水沢という人間が自分以外からどう見られているのかは、知らなかったのだ。

中村はしばらく考えたあとで、俺に顔を向けないまま、口を開く。

「あいつって基本欲が薄いっつーか、場を丸く収めるのが得意っつーか、あんまりこれがしたい、みたいなの言わないタイプだろ」

「まあたしかに、器用に生きてる感じだよな」

俺が頷《うなず》くと、

「だから、俺みたいな我が強いタイプとは相性良いんだよな」

「自覚あるのかよ……」

王は王としての自覚があったらしい。だったらもう少し手加減してほしい。

「けど、葵《あおい》に対してはなんか、ちょっと前のめりっつーか、我を出すようになってきた気がしてさ」

俺には強く、理解できる話だった。

夏休みの合宿以降、あいつは自分が形式や冷めた自分で生きることに疑問を抱き、そこから脱するために、もがいていた。

そしてそれがこの鈍感の中村にまで伝わっていると言うことは——相当に行動が結果に現れていると言えよう。

「最近はだんだんタカヒロも俺にも合わせなくなってきたっていうか。遊びに行きたいところもやたら主張してくるし、たまに『やりたいことがあるから』とかいって、ドタキャンしてくるし。……こないだの日曜もされたな」

「……こないだの日曜」

俺は日曜日の水沢にとても心当たりがありつつも、とりあえず触らないほうが俺の安全面を考えても良さそうだったため、「ははは」と水沢譲《ゆず》りの愛想笑いをしておいた。

もちろんそんなことには気がつかない中村《なかむら》は、窓際席の特権を存分に活《い》かしつつ、高速で後ろに流れていく景色を、ほんの少しだけ口角を上げながら見ていた。

「ま、たまに面倒くさいこともあるけど——そのほうがあいつも楽しいだろ」

＊＊＊

そうして二時間ほど新幹線に揺られた俺たちは、新大阪駅に到着していた。

「たま〜！　もうかりまっか〜⁉」

「染まるのが早い！」

新幹線から降りるやいなやみみが大声でエセ関西弁を喋《しゃべ》り、たまちゃんがそれにツッコむ。俺たちはそんな大阪でもいつもと変わらないやりとりを聞きつつ、降り立ったホームを見渡していた。

細かく見れば見慣れない光景だったけど、かといって埼玉や東京の景色とそこまで大きく違うかといえばそうでもなくて。見慣れた日本地図を大きく移動したという実感はないけれど、たしかにいま大阪にいる。なんとも不思議な感覚だ。

「すごい！　ホントに大阪って書いてある！」

泉《いずみ》が駅の看板を見ながら謎《なぞ》の感動をしていて、中村が「そりゃそうだろ」とツッコミを入れた。

「私、大阪って来るの初めてなんだよね」

少し跳ねた口調で言う日南《ひなみ》に、水沢《みずさわ》が言葉を返す。

「葵《あおい》が？　へえ、意外だな」

そんな感じで何気ない会話を交わす二人のことが気になってしまっているのは、俺が意識しすぎているからだろう。けどあんなのを聞いたら仕方ない気がする。

少しだけ歩が遅れた菊池《きくち》さんも、感動したように口を開いた。

「す、すごい。大阪です」

「菊池さんは初めて？」

「う、うん。友崎《ともざき》くんは？」

「俺は昔、家族で来たことあるらしいんだよね」

「……らしい？」

「うん。幼稚園くらいのときだからほとんど覚えてないんだよ。だから、ほとんど初めてみたいなもんかな」

「ふふ、それじゃあ一緒ですね」

「あはは、だね」

どうやら菊池さんは初めてを共有するのが好きなようだ、と学びを得ながらゆっくり歩いていると、俺たち二人だけがみんなから遅れてしまっていることに気がついた。

「あ、ちょっと離れちゃいましたね」

「だね」

そうしていると、なんだか菊池《きくち》さんと二人で旅行しているような気分にもなって、ちょっとドキドキしてくる。みんなで旅行に来ておいてなんだけど、この時間がなるべく長く続いてほしい。そんなことを思ってしまった。

「うお～！　ワンちゃんあれ見て！　ホントに右側に立ってるんだなぁ!?」

雰囲気《ふんいき》をぶち壊すかのごとく、竹井《たけい》が大声で俺たちに話しかけてきた。ははは こやつめ。竹井はいつもタイミングが悪い。

「おお……？　たしかに！　ホントだ！」

しかし、竹井が指を差していた方向に目をやると、エスカレーターで右側にみんなが止まっている光景が広がっていて、俺も声をあげてしまう。東日本は左側に立ち、西日本は右側に立つというアレだ。俺はそういう不思議現象みたいなものにはちょっと興奮してしまうタチなので、竹井と感動を共有してしまう。同じレベルみたいで悔しい。けど不思議だから仕方ない。

「面白いよなぁ!?」

「そうだな、なんでこうなったんだろうな……同じ日本なのに……」

などと会話しているところではっと我に返り振り向くと、菊池さんはそんな俺と竹井を微笑《ほほえ》ましく見てくれていた。よかった。

「ヒロー！　ここからどう行けばいいの？」

泉《いずみ》が困ったように水沢《みずさわ》を頼ると、

「とりあえず、アンリミテッドシティ駅からちょっと歩いたところに宿が取ってあって……チェックイン前に荷物だけ預けられるから、まずはそこだな」

「りょーかい！　それって舞浜駅みたいなもん？」

「ああ、そうそう」

「おっけー！　私調べるね！」

水沢が半分あしらうように頷《うなず》くと、泉は一生懸命にスマホを操作しはじめる。参謀の水沢、実働隊の泉といった感じだ。

「東海道さんよう？　本線だって！　……え!?　大阪駅から十分で着くの!?　舞浜より便利じゃん！」

夢の国が大好きなのか、すべてを舞浜基準で考えている泉は都心部からＵＳＪへの近さに驚いていた。でもたしかに俺も調べたとき驚いたんだよな。大阪駅から五駅くらいのところにＵＳＪがあるのだ。めちゃくちゃ便利だし、大宮《おおみや》駅から行くと一時間くらいかかる舞浜にはもう少しがんばってほしい。

「えーっと、７番ホームだって！」

「なるほど……えーと、7番ホーム……」

言いながら、水沢《みずさわ》が周囲を見渡す。なるほど、ここは俺の出番かもしれない。

「みみみ！」

「どーしたブレーン！」

「7番ホームってどっちだ？」

「え!?　えーと……こっちだと思う！　左！」

「ありがと。水沢、右だ」

「了解」

「なんで!?」

そんな感じで俺はみみみの方向音痴を逆手に取りつつ、アンリミテッドシティ駅へ向かうのだった。ちなみに道は右で合っていた。さすがはみみみ、信用できる。

＊＊＊

「おお～～！」

そして俺たちはアンリミテッドシティ駅に到着する。

改札を降りるといきなり恐竜のでかい看板のようなものが俺たちを出迎えて、まだＵＳＪの園内には入っていないのに、めちゃくちゃワクワクを煽《あお》ってくる。朝だというのに駅前は観光客に溢《あふ》れていて、さすがは関西最大のテーマパークと言ったところだろうか。

「目の前まで来てまだ行けないとは……もどかしいっ！」

みみみがうずうずと悔しがっている。

とはいえ俺たちは各自大きなリュックやキャリーバッグを持って移動しているため、このままＵＳＪに向かうというわけにはいかない。というわけでまずは荷物を預けるために宿へ向かった。

「泊まるとこは優鈴《ゆず》が取ってくれたんだっけ？」

尋ねる水沢に、泉《いずみ》が頷《うなず》く。

「うん。さすがに週末にリミテ近くのオフィシャルホテルは、私たちには高すぎた……」

遠い目をして言う泉に、みみみは「現実的なチョイス、助かりますっ！」と敬礼した。

そうして歩くこと約十分。

俺たちはＵＳＪ近くにある宿に到着していた。

「へえ！　こういう感じなんだね！」

たまちゃんの言葉に、みみみも頷く。そこはホテルと言うよりもお洒落《しゃれ》な集合住宅的な建物で、海外の人が宿泊するようないわゆるゲストハウス、という雰囲気《ふんいき》だった。

一階に大きな共有スペースがあり、そこからそれぞれのドミトリールームのような宿泊部屋に分かれることができるようだ。ちなみに事前に共有された情報によると、誕生日の女の子がいるということを予約のときに伝えたところ、宿泊日の夜にそのスペースを貸してくれることになったらしい。これが現地の温かみってやつか。

「よろしくお願いしますー」

入り口から入っていき、受付に大きな荷物を預けていく。二〜三人部屋を四つ取っているらしく、九人なので男2：2、女子2：3で部屋分けすることになった。

部屋分けは自然とサプライズの話し合いができるような形になり、友崎《ともざき》・水沢《みずさわ》ペア、中村《なかむら》・竹井《たけい》ペア、みみたまペアに、日南《ひなみ》菊池《きくち》さん優鈴《ゆず》という組み合わせになった。

そうして部屋ごとに荷物を預ける。男子勢が先に荷物を預けて外で待機していると、しばらくしてみみみの明るい声が聞こえた。

「じゃじゃーん！」

ガラス戸を開けて出てきたみみみは緑色の帽子を、泉《いずみ》はアメリカンかつカラフルなキャラクターのカチューシャをつけていた。どうやら事前に買っておいたらしい。なんて準備万端なんだ。

「やっぱリミテっていったらこれでしょ！」

「まちがいないっ！」

泉の宣言に、みみみが同意する。

「まあ、たしかに着けるしかないよねっ！」

「うーん、まあいいけど……」

次に出てきたのは、ノリノリに言ってみせている日南と、まあやむなし、という表情のたまちゃんだ。たまちゃんはみみみとお揃《そろ》いの帽子をかぶっていて、それはそれで小柄で小動物的なたまちゃんによく似合っている。日南はみみみとたまちゃんが被っている帽子の色違い、つまりは赤い帽子を被っていて、これはいわゆる主人公というやつだ。まあこの旅行の主役だからな。

そしてそのとき、俺の目は自然と、ある一人の女の子を探してしまっていた。

だって、この四人がつけているということは――。

「……えっと、ちょっと、恥ずかしいです」

探していたその子を見つける手がかりになる透きとおった声。俺が声のほうへ目を向けると、そこには泉とお揃いのカチューシャをつけている妖精《ようせい》の姿があった。

「ああ……」

俺がもはや感嘆に近い声を漏《も》らすと、顔を真っ赤にしている菊池さんと目が合う。そして二人して照れてしまい、俺たちはどちらともなく目を逸《そ》らした。

そのとき隣から、ぷっと笑う声が聞こえた。

「……なんだよ」

その笑いの主は中村《なかむら》で、俺を馬鹿《ばか》にするようににやりと笑っている。

「お前ら、どんだけ初々しいんだよ」

「……うるせ」

だっていくらデートをしてもかわいいものはかわいいのだ。むしろこの感覚を忘れていないことを褒《ほ》めてほしいね。

「えっと……似合ってる」

「あ、ありがとうございます……」

「そこ、いちゃいちゃしない！」

そんな感じでたまちゃんに注意されつつも、俺たちはついに、ＵＳＪへ向かうのだった。

＊＊＊

「私たちは再びここに降り立った！」

荷物も置き、準備万端でアンリミテッドシティ駅に戻ると、みみみがめちゃくちゃ高いテンションでポーズを決めている。

「でもすごいねー。もうＵＳＪに入ったみたい」

言いながら、日南《ひなみ》が周囲を見渡している。たしかにUSJの入り口はここから数分歩いたところにあるのだけど、少し歩いただけで、有名な映画のゴリラがビルを登っているような看板があったり、USJのグッズの専門店が門を構えていたり、普段はあまり見ないような西洋風のピザ屋があったり。かと思えば普通にマクドナルドとかモスバーガーなどのチェーン店も並んでいて、多国籍的な雰囲気《ふんいき》を醸《かも》し出している。海外のハリウッド映画のようなポップな雰囲気と、最近のゲームやアニメなどの空気が混じり合う街並みが広がっていて、俺たちの期待を煽《あお》った。

「どーしよ!?　トイレ行っといたほうがいいかな!?」

「いや、別に中にトイレないわけじゃないからな」

「あ！　そっか！」

泉《いずみ》は謎《なぞ》の心配を繰り広げていて、それを冷静に突っ込む中村とのバランスが見事だ。

「み、みんな、あれ！」

感動したように泉が言う。ゲートの前までたどり着くと、USJと言えばおなじみのアレが、目に飛び込んできたのだ。

三月の青い空と噴き出す水しぶきをバックに、ゆっくりと回転する大きな地球の模型。そこを『UNLIMITED』という文字が囲っていて、画像とかではたぶん百回は見たことがある、あの模型が目の前にそびえている。

「おお～!!　これ！　本物の地球だ！」

「別に本物の地球ではないけどな？」

微妙にややこしい間違え方をする竹井《たけい》に一応ツッコミを入れつつ、俺もちょっと感動していた。生で見るとその立体感というか存在感が伝わってきて、迫力がすごい。たしかに本物の地球と言いたくなる気持ちもわかる。

「ね、みんな！　写真撮ろーよ！」

「いいね！　私ここで写真撮りたかったんだ！」

みみみの提案に泉《いずみ》が乗っかり、俺たちは流されるがままその前に並ぶ。俺は普段は写真を撮りたいとかそういう感情はあんまりない方だけど、さすがにこの地球の模型の前で写真を撮るのはしてみたい気持ちがある。有名な実績を解除したいという願望に近い。

「ありがとうございますー！　お願いします！」

そしてみみみがその持ち前のコミュニケーション能力で素早く写真を撮ってくれる人を見つけてくれて、スムーズに撮影が始まっていく。

「もちろん、葵《あおい》が真ん中ね！」

「あはは、わかったわかった」

そうしてぐいぐいと押し込められる今日の主役は、苦笑しながらもなんだかんだ楽しそうだ。

「はい、チーズ」

「「おにただ！」」

そんな感じで日南《ひなみ》を巻き込みながらも、俺たちは入場ゲートの近くにある巨大な地球の前で、ベタに記念写真を撮るのだった。まあみみもよく言っている、ベタがなによりも美しい、ってやつだね。人生、かなり理解できてきた。

＊＊＊

「よろしくお願いします～！」

俺たちは入場ゲートの窓口で、事前に予約しておいたチケット番号をスマホで提示して人数分のチケットを受け取る。

そして――ここからがまず第一の、日南へのサプライズである。

チケットを受け取ったあと、みみみが日南の肩をぽん、と叩《たた》きながら、受付に向けてこんなことを言った。

「お姉さん！　この子、今日誕生日なんです！」

「おおー！　それはおめでとうございま～す！」

「あはは、ありがとうございます」

日南が少し戸惑《とまど》いつつスタッフさんに感謝を返すと、

「誕生日のお姉さんは今日、これを目立つところにつけてパークを回ってくださいね〜」

そうしてみみみに手渡されたのは、『Happy Birthday!』と書かれた黄色い勲章のようなシールだ。

「え?」

「はい、装着!」

みみみの手によって日南《ひなみ》の胸元に、黄色い目立つシールが装着される。

そう。USJには誕生日と宣言した人にのみ渡されるシールがあり、どうやらそれを貼《は》っていると園内の各所で特別な待遇を受けることができるらしいのだ。

「あー……そういうこと」

そしてすべてを理解したのか、日南は諦《あきら》めたようにそれを受け入れる。しかしただでさえその見た目の良さから目立つ日南に、もう一つ要素が追加された。

「ちょっと恥ずかしいねこれ?」

ガラじゃないことをしている日南は茶目っ気のあるリアクションをして、それを見たみんなは明るく笑う。けれど、俺と菊池《きくち》さんと水沢《みずさわ》の三人だけは、その演技性にどこか複雑な思いを抱《かか》えていただろう。きっと日南は想像の範囲内の形式では、心を動かされはしない。

そう思っていたとき、みみみが受付のお姉さんに、こんなことを言った。

「お姉さん! これあと五つくらいもらってもいいですか!?」

「はーい！　いいですよ〜！」

「え？」

状況を把握できていない日南と、そして俺も含む周りの面々だったけど、五つのシールを受け取ったみみみはそれを——

「よーし！　これで死角なし！」

日南の右肩と、左肩と、背中に一つと、そしてスカートにも二つ。バッチリと目立つように貼り付けた。

「これならどの角度から葵《あおい》を見ても、誕生日だとわかる！　完璧《かんぺき》！」

「ねえみみみ、ここまでする？」

ただでさえ制服に赤く目立つ帽子を被っている日南の格好に、さらに目立つシールが合計六つも貼り付けられ、これ以上ないほどにＵＳＪをエンジョイしている人みたいになった日南葵が、ここに爆誕した。普段とのギャップがすごい。さすがにこれはちょっと俺も面白い。

そうしてなすがままに、ある意味マヌケですらある格好となった日南は、窓口近くの小さい鏡に映った自分を見ながら、ちょっと不服そうにしつつ、苦笑していた。

「あ！　お誕生日おめでとうございます〜」

そしてそこに追い打ちをかけるように、清掃をしていたスタッフさんが日南のシールを見つけ、言葉を掛ける。

「あはは。ありがとうございますー！」

日南《ひなみ》はノリよく返す。体中に大量にシールを貼《は》られたときはさすがにちょっと困惑していたようだったけど、さすがは日南葵《あおい》、すぐにその状況に順応してみせた。

「なんかあのおねーさんシールもらってる！　ぼくも！」

「んー？　ああ、あれはね、誕生日だともらえるシールなのよ。だからヨシくんはダメ」

「へー！　そうなんだー！　おねえさーん！　おたんじょうびおめでとー！」

「あはは……うん、ありがとー！」

あまりに無邪気な祝いの言葉に巻き込まれている日南は、ちょっと驚きの表情を見せながらも、返事をした。いまのリアクションがどこまで本気なのかはわからないけど、俺の見立てだと、あの一瞬だけはあいつの素が出ていた気がしている。日南は本来、こういうふうに自分がコントロールできない他人の意志に巻き込まれるのが、一番苦手なはずだからな。

「まったく……始まって数分でこれ？」

「ふっふっふ！　葵、まだまだ本番はこれからですよ〜!?」

「はいはい、楽しみにしてます」

そうして始まった日南葵のバースデー。日南はこの洗礼を嬉《うれ》しく思っているのか、それともただ、淡々と事実として捉《とら》えているのか。

本当の意味でのあいつの本音を知らない俺にはわからなかったけれど——少なくとも俺自

身は日南にとっての記念すべき日を心から楽しんで、心から祝おう。たぶんその単純なことこそが、大切なことなのだ。

＊＊＊

荷物検査やチケットのチェックなども通過し、俺たちはついにＵＳＪへ入園する。

「おお……」

入るとすぐに、古き良きアメリカのような景観が目の前に広がった。ずらりと並ぶ洋風の建物の前にはすらっと背の高いヤシのような木が等間隔に生《は》えていて、葉の濃緑と空の青が鮮やかに目に映る。四方からはゴージャスな、いわゆる映画的な音楽が聞こえてきて、小さなお祭りが行われている海外の街を思わせた。飾りとして立ててある標識すら『STOP』などと英語で書いてあるのがなんだか楽しくて、俺はそこにいるだけで無性にワクワクしていた――のだけど。

「みんなついてきて！」

浸っている暇《ひま》もなく、俺たちはただ泉《いずみ》の後を追っていた。

「走らず、けれどなるべく早歩きで！」

泉は絶妙に難しい指示をしながら先陣を切って歩いていて、その表情は真剣そのものだ。

曰《いわ》く、開園直後は人気アトラクションに素早く乗れるかどうかの命運を分ける重要な瞬間とのことで、どうやらしっかりと効率の良い回り方をリサーチしてきたらしい。ＵＳＪに対する本気度がすごい。

ちなみにこうして歩いているあいだにも、あまりにも誕生日アピールの激しい姿の日南《ひなみ》は何度もスタッフからお祝いの言葉を掛けられている。いいぞもっと祝われろ。

「優鈴《ゆず》、最初はどこに向かってんだこれ？」

「ハリウッドファイヤーフライトだよ！　バックドロップの！」

「ふーん」

そんな中村《なかむら》と泉《いずみ》の会話を横から聞いていると、俺の腕の低めの位置が、とんとん、と叩《たた》かれる。振り向くと、そこにはぴょこぴょこと早歩きしているたまちゃんがいた。歩幅が狭いため、みんなよりもかなりがんばって早歩きしている。

「友崎《ともざき》、なんのことかわかる？」

「えーと……たしか」

ＵＳＪに行くならやはり事前情報も大事だろうというゲーマー心で、俺もアトラクションやフードなどの下調べはしていた。そしてその情報によると、いま泉が言ったアトラクションは――。

「普通の絶叫マシンと違って、後ろ向きに走るやつだね。上下左右にめちゃくちゃ振り回される、ＵＳＪでも特に怖いって言われてるアトラクション」

「へえ！　そうなんだ！　楽しみだね」

たまちゃんは特に大きく感情を動かさずにフラットに返事をする。あまり怖がっていない雰《ふん》囲気《いき》だ。嘘《うそ》のない女たまちゃんのことだからこれは強がりとかではなく、特に絶叫マシンは苦手ではない、ということだろう。なんか普通に死なないなら平気、とか思ってそうだ。

ちなみに俺は中学生以上になってから遊園地に行った記憶がないため、自分が絶叫マシンが得意かどうかはよくわかっていない。けどまあ死なないなら平気だと思ってる節はある。

「わ、私も怖いけど……一番人気だから、いま逃《のが》したら待ち時間すごいことになっちゃうし！」

「ふーん……けどまあ、そうなったら別のアトラクションに乗ればいいんじゃないか？」

怖がりつつも前向きな泉に、なぜか後ろ向きなことを言っているのは中村だ。

「せっかく来たんだから乗りたいじゃん！　一番人気！」

「まあ……そうと言えなくもない……か」

やっぱり中村はもにょもにょと、どちらともつかない返事を続ける。……ふむ。これは。

「……中村、もしかして絶叫マシン苦手？」

俺が言うと、中村はギロリと俺を睨《にら》み、握られた拳《こぶし》が俺の肩に伸びるのが見えた。しかし俺は二度同じ技は食らわない、いや、正確に言えば何度も食らってるから、さすがに五度同じ技は食らわないため、それを察知してすっと中村から距離を置く。そのリアクションからして、おそらくこれはビンゴだろう。素直に言えばいいのに。

「ちっ……」

「よし！　ついたよ！」

泉《いずみ》がその先のアトラクションを見つめる。とんでもないスピードで上下左右に走り回る機体は下から見ているだけでもすごい迫力で、絶叫マシンという名の通り、乗客の悲鳴がここまで聞こえてくる。

そして、降りてきた乗客たちが「やばすぎ……」とふらふらと歩いてくるのが目に入った。明らかにぐったりしていて、冷や汗をかいている人すらいる。

泉はそれをぱちぱちと瞬《まばた》きしながら見守り、

「……けど、どうしよっか？　……ホントに乗る？　これ」

「おい、お前が言ったんだろ」

俺にすらいじられていた中村《なかむら》に、ツッコみを入れられてしまう泉なのだった。

＊＊＊

一番人気だというハリウッドファイヤーフライトの乗車列に並んでから数十分後。ついにあと数組で、俺たちの番が来る。

「これはなかなか雰囲気《ふんいき》がありますねぇ～」

「あ、みんみ怖がってる」

アトラクションの内装はハリウッド映画の世界観を再現しているらしく、列が進むにつれて徐々にその薄暗さや不気味さを増していく。洞窟《どうくつ》のような通路に配置してある人骨風の飾りはこのアトラクションの恐ろしさを暗示しているようで、俺たちの不安を煽《あお》った。

「そ、そろそろですね……」

「そうだね。大丈夫？」

「怖いけど……それよりも楽しみです」

俺の隣の菊池《きくち》さんは怯《おび》えつつも、興味深げに前を向いていた。菊池さんってやっぱり小説家気質というか、こういうところでは好奇心が上回るタイプなんだよな。

開園直後に向かったため、一番人気のアトラクションらしいのに、泉の思惑通り短い待ち時間で乗車の一歩手前のところまでくることができた。これが少し遅れると一時間待ちとか百分待ちとかになるらしいから、たしかに早めに行っておいて正解だったかもしれない。さすがはテーマパークガチ勢だ。

「や、やばい……心臓バクバクいってきた……」

しかしその泉はさっき乗客たちを見たときの恐怖を引きずり、明らかに不安を表に出している。そんな泉を心配するように菊池さんが「大丈夫ですか……？」と励ましていた。大天使菊池《きくち》さんは、優しさに満ちている。

ふと。その少し後ろでぼーっと、列の先を見つめている日南《ひなみ》が目についた。

俺は、数歩だけ前に踏み出して。

「……日南」

「うん？」

日南は突然話しかけてきた俺に若干驚いたような表情をする。この旅行で俺から日南に雑談を振ったのは、初めてだった。

きっとこの場で本音を話してくれるとは思わない。けど、それでも俺はこいつから本音を聞けるまで、何度でも言葉を交わしたかった。

「日南はこういうの、怖くないのか？」

「……うーん。そうだなあ」

言うと、日南は少しだけ考えるような間を取る。それは俺のこの質問の内容に対する思考時間なのか、それともいままで話しかけなかった俺が、ここに来て突然話しかけてきたことに対する驚きなのか。まあ、俺は一週間前にあんなLINEを送ってしまっているわけで、それに今日まで返信がない、という時点で日南がいま俺のことを避けていることは明白だ。話すことには少なからず抵抗があるだろう。

「私は遊園地とか行っても、実はあんまり絶叫マシンとか乗らない派だったんだよね。だから、あんまりわかんない！」

「……そうか」

返ってきたのはもちろん、仮面から放たれる意味のない言葉たち。自分から話しかけておいてなんだけど、やっぱり俺にとっては、いまの状況で日南がこのモードで接してくるのは、辛《つら》いものがあった。

まるで言葉を交わせば交わすほど、本質から遠ざかっていくような、そんな感覚がして。けど。さっき、通りかかった子供からの祝いの声が日南を驚かせたように。こうして対話を繰り返していけば、いつか糸口が見つかるかもしれない。

だから俺は、仮面が崩壊することへの祈りも込めて、

「日南が怖くて泣きべそかくのを、祈ってる」

「あはは。友崎《ともざき》くんこそ、途中で逃げ出さないようにね？」

俺はまだ日南と会話することはできなかったけど、少しずつその奥にある内面に声が届けばいい。強敵相手にどのデバフが効くかを確かめるのは、ボス攻略の基本なのだ。

＊＊＊

「つ、ついにきちゃったよなぁ!?」

竹井《たけい》の叫びに顔を上げると、気がつけば列は進み、次が俺たちの番になっていた。

俺たちが覚悟を決めていると、そのとき。

「あ～っ！　お姉さんハッピーバースデー！」

ふと、アトラクションの乗り場で案内している係員さんが、日南《ひなみ》のシールを見つけて陽気にお祝いしてくれる。見知らぬ人に祝われたのは、USJに来てからこれで何度目だろう。十回は超えている気がする。

「あはは。ありがとうございます」

と日南が流石《さすが》に慣れた調子で感謝を返すと、係員さんはさらに明るいトーンで、こんなことを言った。

「せっかくなんで、一番後ろに座ってください！　お誕生日席ってことで！」

「え」

「一番後ろが、浮遊感すごくて一番怖いんですよ！　丁度《ちょうど》空いてるんで、どうぞ！」

そのとき、日南の仮面の表情が固まったのがわかった。

このアトラクションは後ろ向きに進むバックドロップ方式。つまり、一番後ろが進行方向から見たら、一番前ということになる。

「あー……その」

こわばった表情と、言い訳を探すように不自然に空いた間。

ふむ、これはひょっとして。

「いま、ちょっと嫌《いや》そうな顔したな？」

「……だからなに？」

「っ！」

日南の表情を見て、俺は嬉《うれ》しくなってしまった。

だってその、突き放すような言葉。刺すような表情と声。

それはクラスで見せるパーフェクトヒロインのものとは少し違っていて。

第二被服室で見せる――NO NAMEとしてのそれに近かったから。

「さてはお前……びびってる？」

だから俺は、さっきと同じトーンで、煽《あお》りを繰り返す。

俺はもう少し、いまの日南と話したくなっていたのだ。

夏休みに日南から課題として出され、そしていま、中村《なかむら》に対してもスキルとして使えるようになった『いじる』というコミュニケーションスキルを、他でもない日南に向けて。

けれどそれは形式のためではなく、本音を引き出すために。

「思ったよりこういうの、苦手なんだな？」

正確に言えば――日南の分厚い仮面から少しだけ覗《のぞ》き見えた、NO NAMEという名の、もう一つの仮面に向けて。

すると日南《ひなみ》ははあ、とため息をつき、俺にだけ見えるように、片眉《かたまゆ》をあげた。

「そこまで言うならいいわよ。乗ってあげる。……けど」

「うん？」

そして日南は、数か月前までは頻繁《ひんぱん》に見せていた、あの嗜虐《しぎゃく》的な笑みで。


「──もちろん、友崎《ともざき》くんも、隣に乗るよね？」


「……へ？」

「はい、じゃあお姉さんとお兄さん最後列で！　どうぞどうぞ！」

「……あれ？」

「それじゃあ、お誕生日おめでとうございまーす！　いってらっしゃーい！」

日南と係員によって押し込められているうちにガチャリ、と安全装置が締められ、気づけば俺はもう、身動きが取れなくなっている。

俺と日南を最後列に乗せたそのマシンは、後ろ向きに走り出した。

「えええええええぇ!?」

「きゃあああぁぁ……っ」

そうして俺は日南の誕生日と、NO NAMEの嗜虐性に巻き込まれ、最も怖いと言われる最後列でのバックドロップを味わうことになったのだった。

＊＊＊

「うう……地面が……回ってる……」

ハリウッドファイヤーフライト・バックドロップから降りた俺は、完全に正気を失ったゾンビと化していた。

そして俺の隣には、珍しくふらふら、よろよろと歩き、完全に顔色が悪い日南がいた。その表情には、いつものパーフェクトヒロインとしての余裕はなくて。

「う……予想以上だった……」

「だな……」

正直ちょっと甘く見ていたけど、後ろ向きに進む絶叫マシンはちょっと想像と違う恐ろしさがあった。なにせ激しい上下動を繰り返しながらも、次にどっち側に進むのかがわからないから、心の準備ができずに体をぐわんぐわん揺さぶられるのだ。

最後列ということで景色もめまぐるしく変わり、完全に三半規管がやられている。

「あなたが……余計なことを言うから……」

「いや、最後列になったのはその誕生日シールのせいだろ」

「……屁理屈《へりくつ》言わない」

「屁理屈か……?」

そんなふうに息も絶え絶えに日南《ひなみ》と会話しながらも、俺はどこか静かに喜びを感じていた。

だって、日南の会話のトーン。いまちらりと俺に向けて放った『あなた』という二人称。

それは、クラスのパーフェクトヒロインの日南から向けられる言葉とは、少し違っていたから。

「ふーん、なかなか楽しかったな……」

「まあ、そうだな……悪くなかった」

少し向こう側では中村《なかむら》と水沢《みずさわ》が余裕ぶり合戦を繰り広げているが、足取りはちょっとふらついている。なんかこう、やはり男としてのプライドがある手前あまり弱音は吐けないのだろう。少なくとも日南の口調が俺に対して少し冷たいことになんて、意識はいっていないようだった。ちなみにその横では竹井《たけい》が存分に「めちゃくちゃ怖かったよなぁ!?」と喧伝《けんでん》している。あいつは素直で元気だな。

「うう……私、絶叫マシン結構無理だったのかも」

「やばかったね……さすが一番人気……」

いつもは元気なみみみも、そもそもこれに乗ろうと言い出した泉《いずみ》もすっかりぐったりとしている。グループの過半数がやられてしまった計算だ。

「結構楽しかったですね」

「だね！」

そんな中で菊池《きくち》さんとたまちゃんだけがピンピンしていて、ちょっと俺のなかのイメージと違うのでなんとかしてほしい。なんなら本来、菊池さんが弱ってて俺が頼れる感じでしゅばっと登場するべきなのに。菊池さん強い。

「よ、よし、次に向かわないと！」

ふらつきながらも泉は力を振り絞り、最高のＵＳＪを案内せねばという使命感でもあるのか、顔色が悪いままスマホのメモに熱心に目を通す。まるで徹夜でトレモに潜るアタファミプレイヤーのような熱意だ。

「次は……なに乗るの？」

どこか縋《すが》るように、泉を見つめながら言う日南。その目の奥からは「もう絶叫マシンはいい、もっと平和なアトラクションに乗っていこう」という思いがひしひしと感じられた。

「次はね」

泉は自分のスマホを見ながら、

「えーとメモだと……エアフォースダイナソーの予定！」

「それも絶叫マシンだよねっ⁉」

珍しく、日南《ひなみ》が大声を上げた。

それはパーフェクトヒロインの日南としても、NO NAMEの日南としても、あまり見たことがなかった表情と声で。

俺だけでなく、泉《いずみ》も、水沢《みずさわ》も、他のみんなもきょとんとそんな日南を見つめる。

やがて、泉はぷふっと吹き出してしまった。

「――あはは！」

「な、なに……？」

そしてひとしきりけらけらと笑うと、泉は安心したように、目の辺りを拭《ぬぐ》いながら。

「……よかったな、って。葵《あおい》が、楽しそうで」

「これのどこが楽しそうって⁉」

戸惑《とまど》う日南はまた調子を狂わせていて、それを見た泉はまた調子に乗ったように口を開く。

「よし、決定！　次はエアフォースダイナソーで決まり！　みんなついてきて！」

「なんで⁉　ちょっと優鈴《ゆず》⁉」

そうして泉の仕切りによって日南葵喜ばせ選手権の意味が変わってきているのを見守りつつ、いいぞもっとやれ、と応援している俺なのだった。けど俺はあんまり巻き込まない感じでよろしくお願いします。

＊＊＊

数十分後。

連続で二つの絶叫マシンに乗った俺たちは、大きく三つの勢力に分かれていた。

「いやぁ、最高だったよなぁ!?」

「うん。竹井《たけい》もなかなかやるね」

「景色もすっごく綺麗《きれい》でした！」

ハリウッドエリアのカフェにあるオープンテラスで各自ドリンクだけ注文し、いくつかに分かれて座っている俺たち。その中でも竹井とたまちゃんと菊池《きくち》さんが座っている席は、ノーダメージの三人が集まった最強のテーブルだった。あまりにも異色メンバー過ぎて、バグったゲームを見ている気持ちになってくる。

「う……たま……逃げて……」

隣のテーブルにはみみみと俺と泉と中村《なかむら》がいて、三半規管があまりにもやられてしまったため、とにかく体を外気に触れさせて回復させようとしていた。中でも特にみみみはぐったりとしていて、竹井の魔の手に捕らわれそうになっているたまちゃんを見ても、なにもできずにいた。

「みんな情けないし、俺たちだけでもう一周しちゃうかぁ!?」

「あはは、それもありかもね」

「だめ……たま……危ない……」

竹井《たけい》に連れ去られそうになるたまちゃんと、なにもできないみみみ。俺はそれを見て大いに笑いたかったのだけど、頭がぐわんぐわんするので笑うこともできずにいた。

——そして、この二つのテーブルにこの七人が座っているということは。

「それ、タカヒロの悪いとこだよね?」

「ははは、まあ、直す気もないけどな」

もう一つのテーブルに座っているのは、水沢《みずさわ》と日南《ひなみ》だった。

あの二人は降りた直後は俺たちと同じくらいダメージを受けていたのだけど、徐々に回復してあなったらしい。ちなみにもともとは泉《いずみ》もあっちのテーブルにいたんだけど、なぜかさっき、わざわざこっちに来たのだ。

「泉……なんでこっちに……?」

「え、ああえっと……」

俺とみみみよりは比較的回復している泉は、ちょっとだけ声を潜《ひそ》めてこんなことを言う。

「あのさ……たぶんヒロ、葵《あおい》のこと、この旅行で決めたいって思ってそうなんだよね」

「っ!?」

だめ…
たま…危ない……

あまりにも芯《しん》を食った推測に、俺は思わず舌を嚙《か》みそうになる。この泉《いずみ》の恋愛方面に対する勘の鋭さはなんなんですかね。好きこそものの上手なれってか。

「だから……ちょっと上手《うま》いこと、二人っきりの時間を作ってみた!」

「そ、そうか……」

俺はなんというか複雑な気持ちになりながらも、水沢《みずさわ》が自分の気持ちを届けようとしていることは、応援したくはあって。だけどそれによって日南《ひなみ》の時間が取られてしまうと、俺があいつともう一度本音で話すチャンスを失ってしまいそうでもあって。

それとはまた別に、二人がくっつくことは歓迎したくもありつつ、けれど理由もわからず複雑に思う謎《なぞ》の感情もあって。

「……そうだな。上手く、いってほしいな」

「だよね!?」

いま俺が言った言葉は、間違いなく一部では本音ではあったけど、たぶん、本音とは言い切れないところもあって。

ちなみに、そういえばすっかり会話に参加していない中村《なかむら》はどうしていたのかというと——

「……う」

メンバーのなかで最大のダメージを食らい、なにも言えずにテーブルに突っ伏しているのだった。

＊＊＊

中村を含めたみんなが回復したころ。

俺たちは同じオープンテラスに座っていて、やっとドリンクだけではなく、昼食も頼める体調になってきた。

泉曰《いわ》く、昼の十九時ごろはほぼすべてのレストランが混みはじめるため、早めに昼食をとって、みんなが昼食をとっているあいだにアトラクションを回るようにすると効率よく回れるらしい。そして現在は十一時過ぎと、完璧《かんぺき》なスケジューリングだ。このルートの極めっぷり、まさにトレモの鬼と言えよう。

メニューを開くと、サンドウィッチやケーキなどの軽食類がメインらしく、ダメージを回復したばかりの俺たちには丁度《ちょうど》よかった。ここを選んだのは泉だったから、もしそこまで想定して選んでいたのだとしたら完全にＶＩＰ魔境勢だ。

俺たちはメニューのなかから好きなものを選び、注文していく。すると。

「お誕生日おめでとうございまーす！」

おそらくは泉から根回しされたのだろうか、なんと別のスタッフのお姉さんがパチパチと弾《はじ》ける小さな花火の刺さった、一ピースのケーキを持ってきた。

しかし、さすがにここまで何度も祝われると日南《ひなみ》も慣れてきたようで、そこまで戸惑《とまど》うことなく「ありがとうございまーす！」と返している。やはり一流のゲーマー、同じ戦法はそう何度も通用しないのだ——と、思っていたら。

「こちらのお客さま、なんと、お誕生日でーす!!」

「え？」

そのお姉さんは、さらにオープンテラスにいる他のお客さんも含めて、こう呼びかけた。

「みんなでお歌を歌いましょー！　せーの！　ハッピバースデー……♪」

そうしてお姉さんの先導によって、その周辺にいるお客さんも巻き込まれていく。テーマパークの非日常感も手伝ってか、みんなわりとノリノリで日南にめがけてバースデーソングを歌っている。泉《いずみ》もまさかここまでのことになるとは思っていなかったのか、少し驚いている様子だったけど、すぐにノリノリになって満面の笑顔で歌いはじめた。

そして俺たちサプライズメンバーも立ち上がって日南に向かって手を叩《たた》きながら歌い、そうなるとここはオープンテラスだから、ここを通行するお客さんもノリのいい人はどんどんと参加してくれるようになる。はは、なんだこれ。

そうしてこの一角に数十人の人だかりができて、その笑顔と好意とお祝いの歌が、すべて日南葵《あおい》だけに向けられた。

「あはは……」

そこにいるのは、俺たちと同じくらいの年代の、制服リミテをしている女子高生たち。

赤、青、緑のパーカーを着てカチューシャを着けた、『陽』の匂《にお》いのすごいお兄さんたち。

杖を指揮棒みたいに振り回す、魔法使いのお姉さんたち。

そして——騒ぎを聞きつけてやってきた、おそらくスタッフが入っているであろう、めちゃくちゃリアルな恐竜たちまでもが集まって、日南の誕生日を祝っている。

さすがの日南も不特定多数の知らない人、そして恐竜から一気にお祝いされる経験はないようで、照れ笑いを浮かべつつ、自分も小さく手拍子をしながら歌を受けとめていた。ていうかこういうときってどうしておくのが正解なんだろうな？

「ははは。こりゃすごい」

水沢《みずさわ》は愉快そうに笑う。

まあこういうのって正直賛否分かれるだろうし、もし俺がサプライズでこれをやられたら嬉《うれ》しいと同時に困ると思うんだけど、こと日南に関してはこのくらいの祝いを食らって丁度《ちょうど》良いみたいなところがある。

なんせこうでもしないとその分厚い仮面の内側の本性に、お祝いの波動が届かないからな。お祝いで日南のキャパを超えてやろうという泉の気概がすごい。

「バースデートゥーユー………おめでと～!!」

そうして最初の三倍くらいに増えたギャラリーの歌が終わると、日南は覚悟を決めたのか、

「ふ――っ！」

タイミングよく、ケーキの花火を吹き消した。

「葵《あおい》おめでとー！」

「お姉さんおめでとー！」

「グワァァァオォ……！」

「めでたいよなぁ!?」

「おめでと、葵」

そんな感じで俺たちからも、恐竜からも、知らない人たちからも、次々と祝福の言葉を投げかけられて、

「もうわかったありがとー！　恥ずかしいから～！」

言いながら眉《まゆ》をひそめる日南《ひなみ》の表情は――やっぱり少しずつ、緩《ゆる》んできている気がした。

＊＊＊

大盛り上がりの食事を終えた俺たちは、次の目的地へ向かっている。

「葵、すごいことになってたね」

「すごすぎたよ～もう」

たまちゃんと日南が会話していて、日南はどこか、さっきの余韻《よいん》を引きずっているようだった。それはたぶん、俺の見立てが正しければ、日南の頑丈な仮面と鎧《よろい》の奥にも、届きつつあって。

俺は、この旅行の可能性を、信じてみたくなっていた。

次に俺たちが到着したのは——

「すごーい！　こんなのあったんだ！」

「そうなの！　実は意外と知られてなくて……」

驚く日南をみて、泉《いずみ》がへへんと鼻を鳴らしている。

俺たちの目の前にあるのは小さな売店で、そこで売られていたのは。

「じゃあこの、ターキーレッグのチーズカレー味ひとつ！」

日南が恐ろしく重たそうな食べ物の名前を、元気いっぱいに言う。ねえこの人十数分前にはめちゃくちゃぐったりしてたし、なんならさっきご飯食べたばっかりですよね？

「日南……まだ食うのか？」

俺は恐れおののきながら言うが、日南は平気な顔をして巨大な肉塊を受け取っている。いわゆるあのスモークされたデカいもも肉に、分厚いカレーと黄色いチーズがたっぷりと覆い被さっていて、その上に赤いソースがかかっているというなんともパワー系の見た目だ。

「なに言ってんの！　甘いものとチーズはおにただって言うでしょ」

「それ別腹の感じで言ってる？」

別腹だとしてもチーズは入らないんだよな。なんならチーズは空腹度が高くないと入りづらいほうの食べ物だろ。

「細かいこと言わない。ここでしか食べられないんだから、食べておかないと」

半分義務みたいな感じで言っていて、あまりにチーズへの意識が高すぎる。

「そ、そうなのか……？」

「いただきま──」

と、日南《ひなみ》が食べようとした瞬間、

「この芳醇なスパイスの香り……これは私を誘っているっ！」

ムササビのようにびゅんと飛び出してきたのは、みみみだった。

さっきまで一番絶叫マシンにやられていたみみみがどうして……と思ったけど、そういえばさっきみみみはあまりにダメージを喰《く》らいすぎて、ほとんどご飯を食べれなかったんだよな。たしかに回復してすぐのカレーの匂《にお》いにそそられるのはわかる。

「わっ！」

みみみは勢いのままに日南のターキーレッグにかぶりつき、そして日南も逆側からかぶりつき、一つのターキーレッグをシェアし合う陸上部エースたちの図が完成した。

「おおー！　いい感じ！　二人とも、そのままー！」

「へ!?　ほのまま!?」

チキンにかぶりつきながらでいまいち喋《しゃべ》れなくなっている日南の声を聞きつつ、泉《いずみ》がスマホのカメラを起動して、二人の映え写真を撮影しはじめた。

みみみも「まばー!?」と言っていて、たぶん「まだー!?」と言ってるんだと思う。

「じゃあ次は……上目遣いいってみよー！」

泉がノリノリでカメラマンになりきり、いくつかのパターンで写真を撮影すると、

「おっけーいい感じの撮れた……って、あれ？」

「え？」

「ん？」

泉が写真を見て一番に気がつき、やがて日南もみみみも、それに気がついた。

三人の視線が、すぐ下の地面を向く。そこには黄色と赤の物体が、へしゃげていた。

両側からちょっと無理をした状態をしばらくキープしてしまったからか、それともいろんなパターンで撮影してるうちに、どこかで落ちてしまったのか。上にかかっていたチーズカレーのトッピングが、いつの間にか地面に落ちてしまっていたのだ。

「ご、ごめん……」

「いや、私がそのままって言ったから……」

みみみと泉《いずみ》が、責任を背負い合っている。けれど日南《ひなみ》は静かに俯《うつむ》きながら、ただのターキーレッグとなってしまった肉塊を、みみみに手渡した。

「ううん……大丈夫。みみみ、お腹《なか》空いてるならあげるね……」

チーズがなくなったならもう必要ないと言わんばかりに、明らかに沈んでしまった調子の日南を見て、みみみは「えっと……」と言葉を迷わせた。

「気にしないで……私は大丈夫……」

明らかに大丈夫じゃない表情で、日南はそのままとぼとぼと、来たルートを引き返しはじめた。

そして。

「すいません、さっきと同じものを一つ」

「また買ってる⁉」

日南はチーズへの執念すらも、底が知れないのだった。

＊＊＊

そして――俺たちはついにそこに到着した。
「あ！　あれ！」

Happy
Birth

遠くに見えるその入り口をたまちゃんが見つけ、みんなも目を凝《こ》らして「……おお！」とギリギリ視認した。たまちゃん目良いな。そこから一分ほど歩くと、

「うおおおおぉぉぉ──っ！　土管だーっ！」

竹井《たけい》が叫び、目の前に広がっていたのは巨大な土管だ。ヨンテンドーの看板キャラクターが移動手段としている緑の土管をモチーフとした入り口が、俺たちの前で大きな口を開けている。俺たちはそれを見て、全員で感嘆の声をあげた。

「えー！　めっちゃよくできてるね！」

「ゲームの世界みたい！」

みみみとたまちゃんが声を上げ、俺たちもそれに頷《うなず》く。

最初のアトラクションに並んでいたあいだにスマホのアプリで取っておいた整理券をスタッフに見せると、俺たちは土管の中へと入っていく。

しばらく歩いてくと、

「うおおお⁉」

俺はつい、声を漏《も》らす。

土管のなかに、ワープホールのような光が走りはじめたのだ。

「わ！　きれいだね。けど、土管の解釈ってこれであってるのかな？」

言いながら、日南《ひなみ》はそれを眺めている。

「いや、俺も同じこと思ってた」

「あはは、だよね」

たしかにあのキャラクターは土管を使ってワープしてるけど、実際にこういうワープホール的なガチのワープをしてるって解釈だったのか。なんか俺はもっと違うと思ってたぞ。

光の中を通り抜けると、目の前には城の内部のような空間が広がった。……というか。

「64の城だ！」

「だよね！」

俺があげた声に、日南も反応する。なにか明らかに二人だけ前のめりになってきているんだけど大丈夫かな。

ヨンテンドーが出した代表作とも呼べるゲームの、いわゆる拠点となるお城のエントランス。そこが忠実に再現されていた。

「やばい……俺すでに感動してる」

「わかるけど……それじゃあこの先耐えられないよ？」

無邪気にゲームについて会話をしている俺と日南。なんというかちょっと前まで不仲な感じになっていて、ラインも一週間無視されているとは思えないくらいの打ち解けっぷりだ。気づけば二人でグループの先頭を歩いていて、けれど互いに見たいところは一人でじっくり見ているのが、個人主義の俺たちらしかった。

そして、エントランスに開いた出口。その向こう側に出ると――。

「――っ！」

目の前に広がっていたのは、とても現実とは思えない光景。

まるでゲームの画面をそのまま現実に持ってきたような、おもちゃのような世界だ。

レンガ造り風の橋やリンゴの成る木、もしくは草の生《は》えた地面に至るまで、まるでフィギュアのような質感で形作られた世界は、現実なのになぜか、現実味がなくて。

くるくると回るコイン、同じところを往復する栗《くり》のような形の雑魚《ざこ》敵、土管から生えている花の形をした敵キャラ。俺が子供のころから愛していた世界が愛をもって再現されていて、そのどれもが親しみのある動きを見せてくれている。奥にそびえるボスの城には巨大なカメの顔を模した入り口がそびえていて、その子供っぽいはずのデザインも、今はなんだか美しく、かっこいいものに感じられていた。

「うわあ！　すっっげええ！」

「わああ！　すっっっごい！」

俺と日南《ひなみ》は、同時に声をあげてしまう。

そこで日南は我に返ったのか、俺と顔を見合わせると不服そうにぷい、とそっぽを向いてしまった。

「……はは」

俺はそのことが嬉《うれ》しくて、つい笑みがこぼれてしまう。

もちろん、日南が俺と同じくらい喜んでくれたということも嬉しかった。けど、それ以上に。

ぷいと顔を背《そむ》けるという行動。これって顔を背けでもしないといけないくらいに、つい素のままで喜んでしまった、ってことだからな。

「……とっても素敵ですね」

少し遅れて到着し、優しい口調で言う菊池《きくち》さんの言葉を受けて、俺は改めて、その光景をじっと見る。

俺も日南もきっと、昔からずっと、この世界はゲームだと言ってきて。

あくまでそれは、比喩《ひゆ》的な部分もあっただろう。けど。

これはもう――本当の意味で、この世界がゲームになっていた。

「ワクワクするよなぁ!?」

「へえ、これはよくできてるな」

みんなが続々と到着してくる。感動を大声に変換する竹井《たけい》に、感心した様子で周りを見渡す水沢《みずさわ》。まあこの場合水沢は、施設としての完成度の高さみたいなところに感心してそうだ。あんまりゲームとかやらなそうだもんな。

「……っ！」

そしておそらくそこそこゲームが好きであろう中村《なかむら》は、口を半開きにしながらこのワールドのことをじっと眺めて、ぱちぱちと目を瞬かせていた。なにも喋《しゃべ》ってはいないが、表情が感動をなによりも雄弁に語っていた。わかるぞ、俺はお前の気持ちがわかる。

「見て！　あの花の敵、たまより大きいんじゃない!?」

「それ比べなくていいよね？」

そんなふうに各々が各々の感想を発しているなか、菊池《きくち》さんはじっと黙って、みんなの姿を眺めていた。

いや、もしかするとみんなと言うよりも——。

菊池さんのそばに寄る。すると、菊池さんは俺に視線を向けないまま、けれど一歩だけこちらに近寄って、

「日南《ひなみ》さん、すっごく喜んでくれましたね」

俺でも菊池さんのことでもない、話をした。

「……だよね。菊池さんから見てもそう思う？」

「はい。演技とかそういうものには、見えなかったです」

「……そっか」

その頷《うなず》きは、俺の勇気にもなった。

「よかったよ。ここを、選んで」

「……そうですね」

そうして菊池さんはまた、少し複雑そうな表情を浮かべて、

「私も……よかったです」

どこかトーンを作るように言うと、にこりと、優しく笑った。

＊＊＊

「すごい！　コノコノもいる！」

一度無邪気な姿を見せてしまったからなのか、それとももう隠しきれないと開き直ることにしたのか、日南はヨンテンドーワールドに広がる空間を、これ以上ないほどに楽しんでいた。

「あはは、めちゃくちゃコイン出てくる」

ヨンテンドーワールドは売店で買えるバンドをつけてスマホのアプリと連動すると、様々なゲーム的なギミックを使えるようになっていて、各所に置いてあるブロックを叩《たた》くとアプリにコインが貯《た》められるようになっていた。いまは日南がそのブロックをめちゃくちゃ連続で叩いて笑っている。

「ほんとだ！　……うわ、ここ意外と柔らかいんだな」

「まあ、それは子供がケガしないようにでしょうね」

「いや、夢あるんだかないんだかどっちだよ？」

その無邪気モードに入った日南《ひなみ》に熱量でついていけるのは、この中で俺だけになっていた。

「なんか葵《あおい》……楽しそうだね」

「だね……陸上のときより楽しそう」

たまちゃんとみみみが話しているのが聞こえてきたけど、楽しむことは悪いことではないから、俺は気がつかないことにした。

そんな感じで俺と日南が中心になって、ヨンテンドーワールドのアトラクションを楽しんでいく。凶暴な花の敵キャラを起こさないように、みんなで協力して目覚まし時計を止めるゲームをしたり。迷路のなかでパズルのピースを見つけていき、それを最後トビラの前で完成させたり。

俺たちはさっきまでの絶叫マシンでの疲れが嘘《うそ》のように、全力でその場を楽しんでいた。

「完成ー！　鍵《かぎ》ゲットだね」

「よっしゃあ！」

そして俺と日南はいくつかのアトラクションをクリアすることでもらえる鍵をすべて手に入れると、ミニアトラクションを完全クリアすることに成功する。ふっふっふ、ゲーマーの血が騒いだ結果だぜ。

そんな感じで俺も普通に楽しんでしまっていると、ふと俺から少し離れたところにいる泉《いずみ》や水沢《みずさわ》からの視線を感じた。見ると二人はにっと笑い、「ナイス」みたいな感じで俺に親指を立てきた。

日南葵を驚かせ、喜ばせることを目的に始まったこの旅行。

たしかにその意味で言えば、いまの日南はいままで見たどの瞬間よりも、この空間を楽しんでいるように見えた。ふ、やはり日南を喜ばせるのは俺だったってことか。

＊＊＊

そうして一通り楽しむと、俺たちは一度、休憩時間を設けることにした。

各々がグッズを見に行ったりトイレに行ったりしているなか、俺はワールド内のカフェに立ち寄る。時間はもうそろそろ夕方。早めに昼食を取ったから、そろそろ小腹がすいてきたのだ。とはいえ中途半端な時間のため、俺はカフェに売っていた、プリンのホットパフェドリンクとやらをテイクアウトして、お店の近くで食べることにした。

注文を終えた俺が商品を待ちながら満足げにＵＳＪアプリの画面を眺めていると、菊池《きくち》さんが隣に歩いてくる。

「お疲れさまでした」

「うん。菊池さんも」

そうして俺は菊池さんに、スマホの画面を自慢げに見せる。

「見て。鍵《かぎ》コンプリート」

「ふふ。すごい楽しそうでしたね」

「うん」

「文也《ふみや》くんも、日南《ひなみ》さんも」

「……そうだね」

俺が頷《うなず》くと、菊池《きくち》さんは自分の胸に手を当てる。

そうして、いつもの優しい、物語を読み聞かせるようなトーンで、菊池さんは言う。

「アルシアも……こうしてあげればよかったのかもしれないですね」

「ええと、どういうこと？」

俺が聞き返すと、菊池さんは日南のほうへちらりと視線を向けながら、

「ヒーローみたいな男の子が、貰《もら》ったものにたくさん感謝して、楽しい場所に連れ回して。いやだって言われても、とにかく巻き込んで」

菊池さんは、世界を愛《め》でるように、言葉を並べる。

「自分だけじゃなく友達も巻き込んで、みんなでアルシアに好きって気持ちを、これでもかって伝えて」

菊池さんは、大切なものを守るように、そのために、なにかを捨てるように。

「そうすればアルシアも、自分の血がないことになんて、悩まなくて済んだのかもしれません」

「……そう、なのかな」

一部は納得しながらも、俺はどこか違和感も抱いていた。菊池さんの言う言葉が、どのくらいこの現実という物語にも当てはまるのか、わからなかったのだ。

「だから、ありがとうございます、文也《ふみや》くん」

菊池さんは、微笑《ほほえ》んだ。

俺は無言で菊池さんの言葉に頷く。そして、優しくからかうように、

「でもさ、違うでしょ、菊池さん」

「うん？」

だって、俺たちのサプライズは、まだ始まったばかりなのだ。

「ここからが、本番なんだから」

すると菊池さんはふふ、と笑って、

「そうでした。……絶対に、心から喜んでもらいましょうね」

「もちろん」

俺は自信を持って頷くと、これからの企《たくら》みに、頭を巡らせた。

と、そのとき——俺の目に飛び込んできたものは。

「……ファウンド!?」

思わず、声を上げてしまった。

カフェの窓から見えるワールドの中央。いろんなアトラクションへの中継地点となるその広場に。

物陰から現れた等身大の忍者のキャラクター──俺と日南《ひなみ》がアタファミで出会ったとき、お互いが使っていた忍者のファウンドが、ポーズを決めていたのだ。

「お、おい！　日南！　日南！」

俺は無意識に、その名前を呼ぶ。この感動を最も共有できる相手のもとに、駆け出してしまう。日南は少し離れたところにある自販機で、一人飲み物を買っていた。

「え？　どうしたの？」

「ファウンドが！　ファウンドが！」

興奮している俺の言葉は要領を得なくて、だけど最も重要な単語だけは伝えることができて。

「ファウンド……って、もしかして」

それだけでピンと来た日南が視線をワールドの中央に向けると、

「……っ！」

声にならない歓喜の表情。まるで憧《あこが》れのスターに会った少女のようにわかりやすく、日南は目を輝かせた。

俺は一瞬それをからかってやろうかと思ったけど、すぐにやめた。

だって、ゲームのキャラクターが好きだという気持ちは、決して否定されるべきものではないし、それに。

それでこそ、心からアタファミを愛するトッププレイヤー・NO NAMEというものだ。

「みんなー！　グリやってるって！」

大声で言いながらこちらに走ってきているのは泉《いずみ》だ。

「グリ？」

俺が聞き慣れない単語を聞き返すと、泉は遠くから「グリーティング！」と目を輝かせて言う。そして俺は事前に調べておいたＵＳＪ知識のなかから、その単語を脳内検索した。

「キャラクターと触れ合えるんだよな!?」

「そう！」

数メートル離れたところにいる泉と会話しながらも、俺は視線を横にやる。そこにはウズウズと、子供のように目を輝かせている日南がいて、いちいちポーズをつけながらサービス精神旺盛《おうせい》に動き回るファウンドのことを、じっと見つめていた。なんてわかりやすいやつなんだ。

「日南」

「なに」

「行こうぜ。ファウンドに会いに！」

俺があまりに得意気に言ったからだろうか、日南《ひなみ》はむっとした顔で俺を見た。

「……別にあんなの、ただの着ぐるみでしょ」

「はは……日南、お前が着ぐるみから出てんぞ」

パーフェクトヒロインだったらあり得ない、あまりに夢のない文句を言う日南に皮肉を言ってやると、日南は「う、うるさい」と眉《まゆ》をひそめた。

だけど、それでよかった。俺はその着ぐるみから出てきた日南と、たくさん話がしたいのだ。

俺は日南の腕を軽く掴《つか》み、歩きはじめる。

「ちょっと!?」

日南を引っ張って、一歩一歩、ファウンドの近くまで。

「ほら、俺らのマイキャラだろ?」

俺が言うと、日南はむっとして、こちらを睨《にら》んでいた。

「……でしょ」

「え?」

また子供っぽく、文句を言うように。

「……あなたは変えたでしょ、ジャックに」

短く言うと、拗ねたように唇《くちびる》を尖《とが》らせた。

いやそこかよ、と思ったのが正直なところだったけど、俺はもう一度、日南とアタファミの話ができたことが嬉《うれ》しくて。

「はは……それは申し訳ない」

素直に謝ると、日南もそれで溜飲《りゅういん》が下がったのか、抵抗の手を少しだけ緩《ゆる》めてくれる。

まあ、たしかにこれは謝って正解だっただろう。だって俺たちアタファミプレイヤーからしたら、使用キャラの変更はこれ以上ないほど大きいことだからな。

「わかった。……わかったから腕、離して」

「おう。すまん」

そうして俺たちは泉《いずみ》と合流する。泉は「みんなも集めてくる！」と言って、ぴゅーっとどこかへ行ってしまった。俺はどうするか少し迷ったけど、日南の視線がファウンドだけに注がれているところを見て、答えは一つだと思った。

「待ちきれないよな？」

「まあ……あなたがそう言うなら」

「はいはい、了解」

俺の得意気な返事に日南は不服そうだったけど、歩き出した俺の隣に、日南も着いてきてくれる。

そうだ、この距離、この温度。

俺はこれが、心地《ここち》よかったんだ。

そうして俺と日南《ひなみ》は二人だけで、ファウンドの近くまで寄った。——すると。

日南のバースデーシールに気がついたのか、ファウンドはめちゃくちゃ大げさに驚いたようなリアクションをして、日南に駆け寄ってきてくれる。そのまま無言でド派手なミュージカルみたいな動きをしてみせたあとで、立て膝《ひざ》をつき、日南を歓迎し、祝福するように、両腕を伸ばしてみせた。

そんなサービス精神旺盛《おうせい》なファウンドを見て、日南はくすり、とまた子供のように笑った。

「……ねえ。このファウンド、忍者なのに目立つ動きしすぎじゃない？」

そこにいたのはまったくパーフェクトなんかじゃない、ただのアタファミ好きで口の悪いゲーマーだったけど。

「お前な、祝ってもらってるんだから細かいこと言うなよ」

俺はそんな日南と、喜んで軽口を叩《たた》き合うのだった。

＊＊＊

それからまもなく。

泉《いずみ》は周辺を駆け回り、メンバー全員をこの場に集めてくると、こんなことを提案した。

「ね。せっかくだからみんなで写真撮ろうよ！」

泉の提案はもちろん俺も望んでいたもので、だから俺は全力でそれに乗る。

「おう、撮ろう！　いいよな？」

前のめりに確認すると、みんなも「もちろん」と頷《うなず》き、俺たちはファウンドに「写真良いですか？」と確認をする。すると近くにいたスタッフのお姉さんが元気よく「ありがとうございます～！　一五〇〇円になります！」と教えてくれた。

すると、日南が俺にしか聞こえない声で、

「有料なのね」

なんてことを言う。まったく裏の顔のこいつはたちが悪いぜ。

「しょうがないだろ、俺たちのファウンドがそれだけ人気ってことだよ」

「もうあなたの、ではないけどね？」

「まだ言うか……」

そんな感じでひそひそと叩き合う憎まれ口も——いまの俺が、欲しかったもので。

俺たちはスマホのカメラをスタッフのお姉さんに渡すと、日南を中心にしてファウンドの周りに並んだ。

「では撮りますよー！　はい、チーズ！」

と、そのとき。

ファウンドが懐から小さなクラッカーを出して——

――ぱんっ！

カラフルな紙吹雪が、日南《ひなみ》に向かって勢いよく飛び出す。

同時にシャッター音が鳴り、その瞬間が画像として切り取られた。

「あはは！　びっくりした！」

日南は楽しそうに言うと、みんなで笑い合う。

渡されたスマホには、満面の笑みから驚きに変わる瞬間の日南、瞬時に異変を察知して一歩引いている水沢《みずさわ》、なにも気がついていない中村《なかむら》と竹井《たけい》、日南を立てようと両手を掲げているみみと泉《いずみ》、一歩引きつつ微笑《ほほえ》んでいるたまちゃんと菊池《きくち》さん。

そして――そのタイミングで丁度《ちょうど》瞬きしてしまっている棒立ちの俺が、バッチリと収められていた。

「あはは！　ブレーンいくらなんでもこれは間が悪すぎ！」

「う、うるせえ……」

日南も、俺をからかうように、

「けど、友崎《ともざき》くんらしいね？」

「おい、俺らしさの解釈おかしいだろ」

そんなふうにツッコミを入れながらも、気がついていた。

こうして俺が日南と会話することに対する違和感が、なくなっていることに。

「なあ日南」

だから俺は一つ、日南としたいことがあった。

「さっきの目をつぶっちゃったし、もう一枚だけ撮らないか？」

「いいけど……」

「すいません、もう一枚お願いします！」

意図が読めない、とでも言いたそうな目を向けながら頷《うなず》く日南。

他のみんなも、俺がどうするかを見守っていた。

俺は、にっと笑ってから。

ファウンドに向けて、拳《こぶし》を腕ごと首に巻き付けるようなポーズをして、ゆっくりと、それを打ち出していく。

「っ！」

ファウンドもエンターテイナーとしてそれを理解したのか、俺と同じように拳を腕ごと首に巻き付け、その準備をした。きっと日南はもうわかっていて、みんなはわかっていないだろう。

「ほら、日南」

俺の言葉に日南は一瞬迷ったような顔を見せながらも、たぶんファウンドと一緒にそれをできる、というアタファミファンとしての誘惑に負けたのだろう。仕方ない、みたいな顔をしながらも俺とファウンドの近くに歩み寄り、そして。

俺と日南《ひなみ》とファウンドの手の甲が、空中で重なり合った。

その瞬間を無事写真に収めると、俺たちはファウンドにお礼を言ってその場から離れる。返して貰《もら》ったスマホのデータを見てみると、俺と日南と、ファウンドと。

三人があの『アタック』のように手の甲を合わせてる姿が、綺麗《きれい》に切り取られていた。

そして、自分で言うのもなんだけど、俺も、日南も、本当にこの瞬間を楽しんでいるような笑顔をしていて。

「お前、どんだけアタファミが好きなんだよ?」

「それ、あなたにだけは言われたくない」

やっぱりこうしてたたき合う憎まれ口こそが、今日俺が欲しかったものなのだ。

＊＊＊

俺たちはヨンテンドーワールドにあるアトラクションを遊び尽くし、あとは恐竜形の乗り物

Happy Birthday!!

に乗ってワールド全体をゆっくりと周遊する『ゴッシーアドベンチャー』を残すのみとなる。

「あ！　私たちの番だ！　いってきまーす」

そんな感じでまずは泉《いずみ》と中村《なかむら》を乗せた恐竜形の乗り物が、ワールドに向けてゆっくりと飛び出していく。

このアトラクションは二人乗りで、まあいままで通りなんとなく誰《だれ》と乗るのかを決めてもよかったんだけど、泉の提案により、せっかく最後だしカップル同士乗ろうかという流れになった。最初に竹井《たけい》が一人で、次にたまちゃんとみみみが二人で出発し、そしていま、泉と中村が出発したところだ。ちなみにたまちゃんとみみみをカップルと言っていいのかは議論が分かれるけど、ニコイチという意味で丁度《ちょうど》よかったと思う。竹井が一人な件については議論が分かれないと思う。

残ったのは俺と菊池《きくち》さん、そして日南《ひなみ》と水沢《みずさわ》だった。

「ヨンテンドーワールド、めちゃくちゃ楽しかったなあ」

次のアトラクションの列に並び、今日の時間を振り返りながら、俺が言う。

「そうね。ゲーマーの心がくすぐられちゃった」

「葵《あおい》があそこまでゲーマーだったとはな？」

「あはは。ま、乙女にはいろいろ秘密があるってことで」

日南と水沢がちょっと良い感じで会話をしている。まあこの二人は会話慣れしすぎてるからいつでもそういう空気が漂っているんだけど、旅行前の水沢の宣言を聞いているからか、いまはいつもより少しだけ、距離が縮まっているように感じられた。

見渡すと、そこかしこにゲームの世界観が再現されていて、ドラゴンの卵、デフォルメされた大木、巨大でカラフルなパンケーキのオブジェなど、現実世界ではあり得ないものが並んでいる。進行方向を示す印もゲームによくある矢印の立て看板が使われていて、ゲーマーの心をくすぐった。

「お、きた。それじゃあ、乗ろっか」

次の機体がやってきたため、俺は率先して前に出る。

けれど、そのとき。

「はい。じゃあ、乗ってきてください」

「……へ？」

どうしてか、当然俺とセットのはずの菊池さんが、すっと後ろに下がっていった。

そして。

「それじゃ葵、いってこーい」

「え？」

水沢に背中を押された日南が、ぽんと前に出る。そうして係員さんに「二名様ご案内でーす」と促《うなが》され、日南は流されるがままに、俺の隣に座った。

「ちょっと菊池《きくち》さん!?　水沢《みずさわ》!?」

俺が機体に乗ってしまった状態で後ろを振り返ると、二人はすごく結託した感じの笑みを浮かべていた。

「文也《ふみや》、貸し一な。それも、デカいやつ」

言いながら水沢は、にっと得意気に笑う。

「ちょっと嫉妬《しっと》しちゃいますけど、私がそうしてほしいんです」

同じように菊池さんは、にこりと優しく笑った。

「……なるほど、やられたってわけね」

はあ、とため息をつきながら、日南《ひなみ》は言う。

「二人とも……」

この旅行中に告白するって言ってたくせに、こんなところで俺を優先してていいのかよ。菊池さんだって、いつもあんなに日南を気にしてしまってるのに、俺のために動いてくれて……。

つまりこれは、あの二人が自分を犠牲にしてでも、俺たち二人の関係を、どうにかしようとしてくれた、ということなのだ。

「……そうか」

「なに?」

俺が一人で納得するように言うと、日南は怪訝《けげん》な目で俺を見ていた。俺はあの二人に、心の底から感謝しないといけない。

「いや、なんでもない。……まあ、こうなったらせっかくだし、楽しむか」

そうして俺の念願だった、日南と二人でゆっくりと話せる時間が、ついに訪れるのだった。

＊＊＊

俺は日南と二人で恐竜形の乗り物に乗り込み、散々楽しんだヨンテンドーワールドの外周を、ゆっくりと回っている。

来たときはすかっと晴れた青空にＣＧのような世界が印象的だったこのワールドも、どこか寂《さび》しげな夕陽に染まっていた。

「今日……さ」

俺は、静かに口を開く。

一定間隔で置かれている水色の街灯が光り、徐々にライトアップされていく非現実な世界には、まるで座布団《ざぶとん》くらいのぶ厚い花や、なぜか橙色《だいだい》に光るリンゴがそこかしこに咲いている。アイテムブロックのはてなマークが発する白い光は、赤や青や黄色の原色が眩《まぶ》しい足場ブロックを照らしていて、うっすらと夕焼けと混じり合っていた。

それはやっぱり、俺たちが愛した子供っぽいゲームの世界で——それと同時に、現実でもあって。

「楽しんでもらえてよかったよ」

俺が言うと、日南《ひなみ》はつん、と唇《くちびる》を尖《とが》らせたまま、けれど決して退屈ではなさそうに、おもちゃのような十七時を、じっと眺めている。

「絶叫マシンは最悪だったけど、このエリアは……悪くないわね」

「はは。だろ?」

近寄ると上から振ってくる、しかめっ面の敵キャラ。

甲羅に生《は》えた羽でふわふわと浮く、とぼけた目つきの赤い亀《かめ》。

画面越しに何千回と見てきたキャラクターが俺たちを歓迎するように存在する、この空間。

ここはきっと、場所そのものが、俺と日南の共通言語だった。

「俺がここにしようって言ったんだよ。日南は絶対、ヨンテンドーランドが好きだから、って」

「……あっそ」

俺と日南の不器用な会話。沈黙も目立ったけれど、俺たちの愛する世界が二人を囲んでくれているからだろうか。その沈黙は、決して不快ではなくて。

「あのさ。……日南はもう、俺との関係は、終わりにしたいのか?」

だから俺は、その核心にも自然と、踏み込むことができていた。

「別に……終わりもなにもない。当たり前のことをしただけ」

日南はつっけんどんに言うが、そこにいつもの頑《かたく》なさは、なかった。

「当たり前？」

「後悔はしてない。……けど、人の人生を、自分のために利用して。そんな関係、いつまでも続けられるわけないでしょ」

諦《あきら》めるように言う日南は、チューインガムを膨《ふく》らまして浮かぶ敵キャラを、懐《なつ》かしそうに、けれど寂《さび》しそうに見つめていた。

それは第二被服室の日南とも、教室の日南とも、少し違う表情に感じられて。

「私はそういう人間なんだって——わかったから」

日南の声にあった、どこか自分を否定する色。

俺は日南のそんな言葉を、聞きたくはなかった。だから俺は、息を吸い込んで、

「俺、最近思うんだけどさ」

それは俺が、足軽《あしがる》さんやレナちゃんも含めた、大人の意見を聞いて、わかったこと。

「人ってみんなさ。多かれ少なかれ、人と分かり合えない業みたいなものを抱《かか》えてるんだよ」

アトラクションは少しずつ暗い屋内へと差しかかり、俺たちの視界は暗く、狭くなっていく。

「俺もわかるんだよ。お前と、同じだから」

「……自分の人生を、自分で背負おうとする、ってこと？」

日南の言葉に、俺は頷《うなず》く。

「個人主義だから、誰《だれ》かと特別な関係になろうとすればするほど、うまくいかなくて。近づこうとしてくれた相手を傷つけてしまったり。個人主義だから、大切な人を置いて遠くまで行ってしまえて。たぶんそれって、人から理解されないものだと思うんだよ」

自分の変えようがないところが、人とすれ違うこと。

もしくは世界と、折り合いがつかないこと。

それはきっと、自分の本質を否定されてしまうような痛みを伴う。

「けどさ。それって、俺やお前だけじゃないんだ」

「……どういうこと?」

俺は、いままで深く関わってきた人のことを思いながら。

「菊池《きくち》さんは、根っから小説家だからさ。人には踏み込んじゃいけないラインがあるってことも、尊重すべき心があるってこともわかってるのに……それを描くためなら踏み込んでもいいと思ってしまえる、そんな業を抱《かか》えてる。それはたぶん、世界と折り合いがついてない」

きっと、人それぞれかたちは違うものだったけど。

「水沢《みずさわ》だってそうだよ。自分の本音よりも形式を演じたり、ゲームを攻略することばかりが得意で——目の前のものに本気になれなくて。そんな自分を変えようとしてるみたいだけど、たぶんまだ、納得いく答えは出せてない。一つずつ、試していくしかないんだ」

世界との矛盾《むじゅん》を抱えている、という意味ではきっと、誰もが同じで。

「たまちゃんも俺と同じように理由なく自分を信じられてしまって、そうじゃない相手を、本当の意味で理解することができない。だから孤独を生んでたし……いまは、上手《うま》くやれるようになったけど、全部が解決したってわけじゃないと思う」

それを解決することはきっと、人生のテーマみたいなもので。

「だからさ——お前だけじゃないんだ。みんな、人の前では平気な顔して、けど、本当はそうじゃなくて。たしかにお前の抱えてるものはひょっとしたら、すごく極端で、触れるだけで痛みを伴うようなものなのかもしれない。だけど」

俺は、菊池さんから貰《もら》った言葉を借りて、日南《ひなみ》を肯定するように。

「お前は、みんなと別の生き物なんかじゃない」

ひょっとすると俺も日南も。

また別の意味では、炎人だったのかもしれないから。

「だから、一人にならなくてもいいんだ」

俺が本音を伝えると、日南は表情を変えずに、眼下に広がるゲームと現実の世界を眺めていた。

「もしも本当にそうだったなら、私も楽になれたのかもね」

それは正しさを強く仮定する言い回しで、ほとんど、俺の言葉を否定していた。

だけど、俺は諦《あきら》めたくなかった。

「それでもお前が自分を肯定できないんだとしたら。……少しだけでもいい。お前が許せる範囲だけでいい」

肯定できないなら、助け合えばいい。

たとえ、個人主義の範疇《はんちゅう》を超えるものだとしても。

「日南葵《ひなみあおい》の抱《かか》えてるものの一部を——俺にも抱えさせてくれないか?」

もしも個人同士がそれを超えたいと思えたなら——それでいいはずなのだ。

俺の言葉のあと、日南はじっと、まるで美しいものに見蕩《みと》れるように、世界を見渡した。

そのとき日南が見ていたのは、この世界の美しさなのか。それとも、思い出の中のゲームの、美しさなのか。あるいは、この世界をゲームと捉《とら》えることそのものの、美しさなのか。

俺には、わからなかった。

けれど——いま、ここじゃないと。

この景色のなかじゃないと話せないことが、俺たちにはあると思った。

「私ね。妹が二人いたんだけど」

「っ！」

ぽとり、と落とされた日南の言葉。俺は、息を呑《の》む。

それはたぶん、俺たちがいままで交わしてきた言葉とは少し、種類が違っていて。

俺は一言も聞き逃《のが》すまいと、少しの表情の変化も見逃すまいと、じっと日南の語りに集中していく。

「私たち三姉妹は仲がよくて……それこそ毎日、ゲームをして遊んで。ブインの対戦なんかもたくさんして……もちろん年上だから、私が一番上手《うま》くて」

日南の語り口調はどこか子供っぽく、どこか楽しさを懐《なつ》かしむような響きで。

「私が勝負に勝って、『おにただ』が画面に出るたびに、大魔王の葵お姉ちゃんだ、なんてからかわれたりしながら、毎日遊んでたの」

俺はその姿を想像する。

きっとそれは、日南葵がNO NAMEになる前。

もしくはいびつな形の、パーフェクトヒロインになる前の話だ。

「真ん中の妹……渚《なぎさ》って言うんだけど。渚は正義感が強くて、自分で自分のことを信じられて。……それこそあなたとか、花火《はなび》に似てて」

その語り口は少しずつ、落ち着いたものへと変わっていった。

「渚が小学六年生の頃《ころ》ね。……渚のクラスでいじめがあったの」

「……そうか」

日南《ひなみ》の口調はどうしてか、決して悲観的なものにはならなくて。俺はそれがどこか、不自然で人工的なものに感じられた。

まるで、そうでもしないとその事実に飲み込まれてしまうことを、恐れているかのような。

「渚は正義感が強かったから、見て見ぬ振りはできなかった。自分がその対象に巻き込まれたとしても、自分を貫くことを優先したんだ」

「それって……」

「似てるよね。花火に」

俺は頷《うなず》く。同時に、思い出す。

たまちゃんがいじめの対象になったとき。その結末で、明らかに必要以上の報復を、紺野《こんの》エリカに加えた日南の姿。

「けど。花火のときみたいに、ハッピーエンドとはいかなくて」

そして日南は、何事でもないように。

まるで軽いことかのように話さないと——自分の心をまだ、保てないかのように。

「死んじゃったんだ。交通事故で」

「……事故？」

妹の死。それは俺が菊池《きくち》さんと一緒に日南の元同級生から過去の話を聞いたときから、頭のどこかでは想像できていた話で。

けれど——ここで明かされた交通事故という言葉。

それはいじめの話と、どう繋《つな》がっているのか。

まだ、想像がつかなかった。

「ねえ、nanashi」

不意に呼ばれる、出会ったときの名前。

「私は、それのどこがつらかったか、わかる？」

踏み込むつもりが踏み込まれたような言葉運びに、俺は思わず身を震《ふる》わせてしまう。覚悟の有無を問い正すような日南の瞳《ひとみ》は、俺をしっかりと捉《とら》えて離さない。

「大切な妹が、いなくなっちゃったこと……じゃないのか?」

「もちろん、そう。けど……それだけじゃない」

日南《ひなみ》の口調は、徐々に人ごとめいたそれへと変化していく。

「渚《なぎさ》を轢《ひ》いた運転手は本当に後悔してて、賠償も一生かけてするって、涙ながらに言ってくれた。だから言ってることは嘘《うそ》じゃないと思うんだ」

パーフェクトヒロインとも、NO NAMEとも少し違って聞こえる日南の口調。

「渚はね。……ただ力が抜けたみたいにふらっと、道路に飛び出してきたんだって。横断歩道も信号もない道に突然、ふらっと」

まるでその当時の日南葵《あおい》から話を聞いているような重力に、俺は引きずり込まれていった。

「これって、どういうことだと思う?」

「どういうこと、って?」

聞き返すことしかできない俺に、日南は寂《さび》しく笑って、

「──もう、わからない、ってことなの」

身を投げるように、言った。

「ただ疲れて、ひょっとしたら眩暈《めまい》でもして、そこにタイミング悪く車がきて、偶然轢かれち

やったのか……」

俺が引きずり込まれた先は、手がかりも希望もない、真っ暗闇《くらやみ》で。

「それとも、もう本当に全部が嫌《いや》になって、自分から体を投げ出しちゃったのか」

それが、日南葵《ひなみあおい》に見えている景色なのだと思った。

「それが事故なのか、自殺なのか」

きっと日南の世界は、モノクロだったのではなく——


「——もう一生、私にはわからないんだ」


そもそも光が、届いていなかったのかもしれない。

「……そうか」

俺は日南の言葉の意味はわかっても、実感はできていないだろうと思った。

「だから、どう後悔すればいいのかもわからない。眩暈《めまい》が起こらないように、たくさん寝るように言えばよかったのか。なによりも渚《なぎさ》の心が大事だから、いじめに立ち向かうなんてことやめてって言えばよかったのか。心が寂《さび》しかったんだとしたら、渚はなにも間違ってないから大丈夫、お姉ちゃんは味方だよ、って、言ってあげればよかったのか——」

自責するように並び立てると、日南はすっと息を吸い、口調を落ち着ける。

そして、自嘲《じちょう》的に笑った。

「結果があるのに、理由も原因もわからない。だから、私はなにも、考えようがなくて」

それは、日南の貫いてきた美学に、反するものだった。

「まるで渚の死が、私の世界からスパッと、切り離されてしまったみたいで」

それは、プレイヤーとしての日南の生き方と、どこか似ていると思った。

「まるで渚の死が、私とは無関係の、画面の外の世界に追いやられたみたいで」

現実とゲームが混濁し、過去と現在すら曖昧《あいまい》になる景色のなかで、吐き出すように語られた日南の過去には——理由が失われていて。

嘆《なげ》き方すら奪われてしまった世界を諦《あきら》めるように眺める一人の少女は、

「こんな話しても——なにも、意味ないんだけどね」

乾ききった心を、くしゃり、と握り潰《つぶ》すように言った。

「……そうか」

俺は簡単に答えを出すことも、感想を言うことすら憚《はばか》られた。

だけど。

「聞かせてくれて、ありがとう」

「……いいえ」

そうして日南《ひなみ》は黙ったきり、俺たちを乗せた恐竜のかたちをした乗り物は、スタート地点へと近づいていく。

嘘《うそ》は言っていないと思う。けど、それが日南葵《あおい》の物語のすべてでは、ないと思った。

現実とゲームと、過去と現在と、仮面と本音と。

日南葵と、NO NAMEと。

あらゆる境界線を揺らがせるような数分間が過ぎて、アトラクションから降ろされた俺と日南は、世界から無責任に、日常へと放り出されてしまう。

降りたときに踏みつけた、じりりとした砂の粒の感触が、やけに生々しく感じて。

「――ほら、友崎《ともざき》くん。いくよ！」

明るく言ってみせる日南の顔にはまた、小さな仮面が、ぽつんと浮かんでいた。

＊＊＊

そしていま俺たちは、サプライズの準備のために早抜けしたみみとたまちゃんを除いた七人で、ヨンテンドーワールドのグッズショップにいた。

「これも、これも欲しい！　けど、予算がないよなぁ!?」

「ははは、まあこういうとこのグッズって、結構するからな」

竹井《たけい》と水沢《みずさわ》がいつものようにじゃれ合っているのを、少し離れた場所で眺めている。俺の心と体は日南の過去から完全には帰ってきていなくて、どこか浮遊感に侵《おか》されたままだった。

『日南と二人で、本音を話す。』

旅行にいく前に立てた目標は、達成することが出来ただろう。

きっとあいつが抱《かか》えるもののほんの一部でしかないけれど、物語の一部を共有することができた。

それじゃあ——俺と日南の、これからは。

知ったことで一体、なにを変えることができるのだろうか？

考えていると視線がふと、ショップの一角へ引き寄せられた。

キャラクター小物が売られているコーナーで商品を眺めている日南は、いまにも消え入りそうに見えて。けどそれはたぶん、俺が処理しきれない気持ちを抱えているからに過ぎなくて。

日南が手に提げている買い物かごには、すでにいくつかのマグカップが入っていた。

そんな日南に、泉《いずみ》が近づいていくのが見える。

「あ！　それ、さっきの忍者！」

「気付いた？　そうだよ」

明るく話しかけてきた泉《いずみ》に、日南《ひなみ》は落ち着いたトーンで言葉を返した。持ち上げて見せたそのマグカップには、俺たちが愛するキャラクターであるファウンドが大きく描かれていて。

「お土産？」

泉は尋ねると、日南は言いづらそうに目を逸《そ》らしてから、

「……うん」

やがてゆっくりと、頷《うなず》いた。

「これは、妹へのお土産」

「……へえ！　そうなんだ！」

いつもより低いトーンの日南の言葉を旅の疲れととらえたのか、特に引っかかることなく泉は言葉を返し、近くの棚を物色しはじめる。

俺は数歩だけ、そちらに歩いて近づいてみたけれど、結局もう一度、日南に話しかけることはできなかった。

だって、あいつの買い物かごの中に、妹へのお土産だというそのマグカップは。

全部で、三つあったのだ。

＊＊＊

「うおおおぉ～！　まだ遊んでいたいよなぁ!?」

「それじゃあお前だけ置いてくか？」

「それは寂《さび》しいよなぁ!?」

時間は午後七時。ＵＳＪ閉園の時間まではまだ余裕があったけど、俺たちにはバースデーパーティーが待っているため、この時間に退場することになっていた。

「乗りたいの全部乗れてよかったね！　絶叫マシンはちょっと怖かったけど！　ちょっとだけ！」

泉がおどけて言う声に、菊池《きくち》さんが頷く。

「私もとっても楽しかったです。……ありがとうございました」

丁寧《ていねい》に感謝まで伝える菊池さんに、みんなが「いいって！」などとフランクに返した。

「ね。私もすっごく楽しかった」

「葵《あおい》はほんとうに楽しそうだったな？」

「なーにタカヒロ、文句ある？」

なんて二人のじゃれ合いは、この旅行中に距離を縮めたのか、それともやっぱり、いままでのスキルや形式の延長線上なのか。それが俺にはわからなくて。きっといくら成長しても、人の心の奥底までが見えるわけではないのだ。

そうして俺たちは、楽しかったUSJを去る。

遊園地を去るときというのはいつも、寂《さび》しい気持ちがつきまとう。いつまでも楽しいことをしていたいというのは子供じみた未練だなと思うけど、それは高校生になったいまでも、なにも変わらなくて。

かかった魔法が解けるのを恐れるのはきっと、人間の本能なのだろう。

けど、今日は違う。だってむしろ俺たちは、ここからが本番なのだ。

「楽しかった！　また来たいね！」

そんなふうに明るい声と表情を作って言う日南《ひなみ》。

俺はその言葉が、そのままあいつの本音であればいいな、なんてことを考えていた。

5　倒したように見えても、魔王にはもう一つの形態があったりする

「水沢《みずさわ》……さっきはありがと」

ＵＳＪを出てゲストハウスにチェックインした後。二段ベッドに少しのスペースだけがあるドミトリールームで水沢と相部屋になった俺は、ベッドに二人でなんとなく腰掛け、早速感謝を伝えていた。

「ちゃんと話せたのか？」

「……そうだな。おかげさまで」

俺が頷《うなず》くと、水沢は「ならよかった」とにっと笑った。

「水沢は告白――」

と言いかけつつも、俺は思いとどまり、言葉を止めた。

「なんて、するタイミング、なかったよな……すまん」

すると水沢は、ははは笑う。

「なんか、思った以上に葵《あおい》がいろんなことに巻き込まれてな」

「それは確かにな……まあ、俺も人のこと言えないけど」

誕生日祝いのシール、絶叫マシンに始まり、ヨンテンドーワールドまで。

俺たちの善意と、好意と、ちょっとだけのいたずら心によって日南《ひなみ》は、いままでにないほど、その仮面の下を覗《のぞ》かせていたように感じられて。

「思った以上に葵が本気で楽しんでたように見えたから、よかったよ」

俺は今日の日南の様子を思い出しながら頷いて、

「まあ、それはわかる」

にっと、共犯するように笑った。

「俺、思ったんだけどさ」

水沢は、今日一日のことを思い返すように言う。

「優鈴《ゆず》のやってることって、どう見てもよくある形式だろ？　一番人気のアトラクションだからとか、サプライズケーキとか、もう死ぬほどありきたりで」

苦笑しながら言う水沢の言葉には、けれど棘《とげ》はなくて。

「……それでも、本気で楽しもうと思ったから、笑顔を引き出せたんだよな」

そこに誰《だれ》かを羨《うらや》むような響きは、感じられなかった。

「形式から始まっても、熱くなれた」

欲しかったものの片鱗《へんりん》を見つけたように、その輪郭を確かめるように。水沢はゆっくりと語る。

だから俺は、今日より少し前の、大きな借りを思い出しながら、

「水沢《みずさわ》」

「うん？」

「たぶん、同じだよ」

「……同じ？」

俺は頷《うなず》く。だって俺も、水沢の言葉に。

それこそ形式とハッタリに満ちた、形だけの言葉に、助けられていた。

「足軽《あしがる》さんと遠藤《えんどう》さんに向けたスピーチも、それと同じだった」

俺が感謝と尊敬を込めて言うと、水沢は嬉《うれ》しそうに笑った。

「……そうか」

水沢の表情には徐々に、おそらくは自分に向けられた、熱が灯《とも》っていく。

「たしかにあんなもん、いかに聞こえの良い言葉を並べるかを競うゲームみたいなもんで
……俺が得意な、意味ない言葉のはずだよな」

無邪気な少年のように笑うと、

「けど、お前のスポンサー第一号をゲットしたのは——なんか、嬉しいんだよな」

「水沢……」

そしてふっと、憑《つ》きものが取れたように、立ち上がった。

「おっけーわかった。俺ももうちょっとだけ、俺の得意なものを使って、あがいてみるよ」

「……おう」

俺は最後に伝えられた言葉の意味をすべて理解できたわけではなかったけど、それが前向きであることだけはわかって。

それなら俺は、水沢を応援するだけでいい。そう思っていた。

「さ、そろそろ時間か？」

「あ、そうだな」

USJを出てからこのゲストハウスに着いたとき、みみみとたまちゃんから「まだ準備してるから、パーティ開始まで一時間くらい待ってほしい」とお願いをされた。時計を見てみると、そろそろ丁度《ちょうど》一時間が経《た》つ頃《ころ》だった。

と、そのとき。

こんこん、とノックが鳴った。

「はーい」

水沢が返事をするとガチャリとドアが開き、みみみが元気よく顔を覗《のぞ》かせた。

「準備できたよ！　期待を胸に一階に集合！」

「りょーかい」

「了解」

そうして俺たちはついに、今日の本当の意味でのメインイベントを、開始するのだった。

＊＊＊

「葵《あおい》、誕生日おめでと〜〜〜!!」

みみみの声を合図に、ぱぁん、ぱぁん、ぱぁん、とクラッカーが鳴る。

ついに始まった、日南《ひなみ》葵サプライズパーティ。

ゲストハウスの一階にあるリビングのような共有スペースに、俺たちは集まっていた。

部屋には三人ほどが座れる大きめのソファーが向かい合わせに四つ並び、そのあいだにローテーブルが二つ挟まれている。その下に敷かれているラグを含めたどれもが白や木目を基調としていて、清潔感と温かみを両立していた。

壁にはプロジェクターが備え付けられているだけでなく、そのすぐ横にはキッチンもついている。そこではなにやらたまちゃんが作業をしているようだった。

「いやあ、本当にめでたいねえ」

飄々《ひょうひょう》と言う水沢《みずさわ》は白い布地のソファーに座っている。

「もう。おめでとうは今日言われ慣れちゃったよ？　子供にもスタッフさんにも、恐竜にも言われたもん」

「まあまあ！　けどそのなかで一番心がこもってるのは、私たちだから！」

「あはは。そーかもね。ありがと」

日南はからかうように、けどどこか隙《すき》のある笑顔を見せながら、みみみの気持ちに言葉を返した。

ヨンテンドーランドであんな言葉を交わしたからだろうか、それともただの気のせいだろうか。日南の態度はやっぱり、いつもよりも柔らかさや隙を増している気がして。だけどある意味では、その奥にある暗く湿ったなにかの存在を、意識せざるを得なくて。

……いや、いま考えるべきはそんな小難しいことではない。

ただこのサプライズが日南の心に響いて、喜んでくれればいい。

それが、俺たちのしたいことだ。

「それじゃあ皆さん、そろそろお腹《なか》も空いている頃《ころ》でしょう！」

「めちゃくちゃ空いたぞ～」

みみみの司会に、中村《なかむら》が野次《やじ》を入れている。

「ではお待ちかね、バースデーディナーです！　たま、お願いしますっ！」

みみみの掛け声を合図に、たまちゃんがお皿に載せたいくつもの料理を運んでくる。ちなみにたまちゃんだけでは持ちきれないからか、竹井《たけい》がその配膳《はいぜん》を手伝ってるんだけど、もしこの旅行で二人の距離が縮まったとかだとしたら一大事なので、やっぱり俺たちが守らないといけない。

「え……これって」

出てきた料理を見て、日南《ひなみ》は驚いた顔を見せる。

「おおっ!?　気がつきましたか!?」

「大宮《おおみや》で一緒に食べた、チーズペンネ？」

「ご名答っ！」

みみみがからっと言うと、日南は困ったように、けれど嬉《うれ》しそうに笑った。

「あはは……すごい」

「いままで葵《あおい》と一緒に出かけた美味《おい》しいチーズの料理、再現フルコースですっ！」

そのみみみのタイトルコールで、俺たちも理解した。

日南はテーブルの上のカルボナーラのお皿を手に取り、

「ってことはこのカルボナーラって、去年陸上部の大会のあと、一緒に行ったやつ？」

「そーいうこと！」

「……なつかしいなあ」

つまりは、いままで日南がみみみやたまちゃんと一緒に行ったお店。そのなかでたぶん、日南が気に入っていたものを、どうにかこの一か月弱の準備期間で再現して、作ってみせたということだろう。

「あれ……？」

俺の視線は、テーブルの上に乗っているサラダに吸い込まれていた。

「ひょっとするとこのサラダって、北与野《きたよの》の？」

「おおっ！　まさかのブレーンご名答!?　そうです！　これは北与野のイタリアンのサラダになります！」

「はは……マジかよ」

自分が祝われているわけでもないのに、俺はなぜか嬉しい気持ちになってしまった。

それは俺が日南に人生攻略を教わるようになってから、節目の度に訪れていたお店で。俺も日南も、本当に気に入っていた美味しいイタリアンで。

そこには俺と日南の思い出というべきか歴史というべきか、とにかくそんなものが詰まっていた。

……いや、というよりも。

俺はテーブルに並べられた、いくつもの料理を見渡す。

サラダ、カルボナーラ、チーズペンネ、カプレーゼ。

きっとそのどれもに、日南とみみみとたまちゃんの——思い出が詰まっているのだろう。

「ね。葵、覚えてる？」

たまちゃんがチーズペンネとカプレーゼを指差しながら言う。

「これね、私と葵《あおい》とみんみが三人で仲良くなったあと、初めていったお店なんだよ」

「……うん、覚えてる」

「そこでね？　葵はいきなり、チーズの盛り合わせと、チーズペンネと、カプレーゼを頼みだして」

「うん」

日南《ひなみ》が相槌《あいづち》を打つと、たまちゃんは茶目っ気たっぷりに。

「私が言うのもなんだけど、変な女の子だなあ、って思ったんだよ」

「あはは……そんなこと思ってたんだ？」

「うん。けど今は……そういうところが、かわいいなあって」

「そっか。……ありがと」

日南は微笑《ほほえ》み、そして視線をじっと、並ぶ料理たちに向けた。なにかを思い返すような優しい表情は、とても演技には見えなくて。

やがて日南は困ったように笑うと、いつもよりも湿った声で、こんなことを言う。

「……どーしよ。食べるのがもったいなくなってきちゃった」

「気持ちはわかるっ！　けど、ひと思いにどーぞ！」

そんなふうに気持ちを通じ合わせる三人を、俺たちは黙って見ていた。

日南とみみみは、中学の部活のときからの付き合いで。たまちゃんは高校一年生かららしいけど、話に聞くと、日南が失ってしまった大切な人に、似ているらしくて。

俺たちとどちらの絆《きずな》のほうが強いとか、どちらのほうが長いとか、そんな比べるようなことを言うつもりはないけれど。

きっとこの三人のつながりは、特別で、代替不可能なものなのだろう。

「すごい……おいしい！　っていうか、かなり本物に近い……」

日南は笑顔を零《こぼ》しながら、そのサラダに手をつけていく。一度口に入れてからは止まらず、あっという間に日南はそのサラダを半分以上食べてしまう。

「あはは。葵、食べるのがもったいないんじゃなかったのか～？」

「美味《おい》しいからしかたないでしょ？」

そうしてじゃれ合うみみみと日南を見ながら、俺たちも顔を見合わせ、テーブルに並べられたそれらの料理に手をつけていった。

「おお……なかなかの再現度」

そのサラダを食べて、俺も驚いた。そりゃもちろん完全再現とまではいかない。けど、これを一から作ったのならば、本当に大したものだと思う。少なくとも一度や二度ではない試行錯誤があったはずだ。

「でしょー!?　何回かお店に行って、いろいろ教えてもらったからね！」

食べていったほかの料理もどれもクオリティが高くて、俺はその思い出までは共有できてはいなかったけれど、微笑《ほほえ》み、頷《うなず》きながら食べている日南《ひなみ》の様子を見れば、そこに込められた意味の特別さは、うかがい知ることができた。

聞けば、この一か月弱でそれぞれのお店に通い、協力してくれるところにはその作り方の一部を教えてもらったのだという。そして食材を切ったりソースを作ったりするところまではたまちゃんの家で二人が協力して行い、それを当日に保冷剤とともに持ってきて荷物を預けるときにゲストハウスに預け、先にUSJから帰った二人で調理した、とのことだった。

「すごいな……そこまでするのか」

俺が言うと、たまちゃんが、真《ま》っ直《す》ぐな声で答える。

「うん。そりゃそうだよ」

そして、柔らかい視線を日南に向けて、

「だって私、これでも返しきれてないってくらい、葵《あおい》からはいろんなものを貰《もら》ってるもん」

「花火《はなび》……」

そしてたまちゃんは、まったく他意のない、真っ直ぐな笑みで。

「だから……改めてありがとね、葵」

「……うん。こちらこそ」

日南の声は徐々に語尾が震《ふる》えていき、頼りなく消えていった。

「あーっ！　たまだけずるい！　私だって感謝したいのに！」

「あはは。もう十分伝わってるよ？」

「いいの！　こういうのは伝わってもまだ伝えるのが大事なんだから！」

そしてみみみは、少しだけ照れながら。

「私、葵がいなかったら陸上やってなかったと思うし、勉強もここまでできてなかったと思うし……なんか、全部が葵の支えでできてた、みたいなところあるんだよね」

「もう……それ大げさ」

「大げさじゃないの！　これ大マジ！」

みみみは、やっぱりまた、照れ混じりに。

「だからありがと！　私葵のこと、世界で一番尊敬してるから！」

顔を赤くしながらちょっとだけ、目を逸《そ》らして。

それはたまちゃんの言葉の伝え方とはまるで逆とも言えたけれど、きっとどちらの言葉にも、本音しかなくて。

「うん。……ありがと」

だから、あのパーフェクトヒロインの日南葵ですら、返す言葉はシンプルな感謝しか出てこなかったのだろう。

しかし驚いたことに、二人のサプライズは、これで終わりではなかった。

俺たちが一通り料理を食べ終えた頃《ころ》、みみみはキッチンに向かい、

「そしてこちらが——本日のメインですっ！」

言いながら持ってきたのは、顔ほどはあるサイズの、豪華絢爛《けんらん》なチーズケーキだ。

上にはベリーを中心としたフルーツがずらりとのっていて、食べる人を楽しませてやろうという、愛に満ちていて。美味《おい》しそうなだけでなく見るだけで楽しい。そんなチーズケーキだった。

これもなにかの思い出の品なのだろうか、と思いながらなりゆきを見守っていると、日南《ひなみ》はどこかきょとんとした顔で、そのケーキを見ていた。

「おおっと！　葵《あおい》、このケーキは知らないなあって顔ですね!?」

「え、う、うん」

日南が頷《うなず》くと、どうしてだろう、たまちゃんがどこか照れくさそうな表情で、口を開いた。

「あのさ……」

そして、たまちゃんは、みみみからそのケーキを受け取り、ゆっくりとそれを運ぶ。

「私、家の洋菓子屋をちゃんと手伝ってみようかな、って言ったでしょ？」

その言葉で、きっとここにいるみんなは、ピンと来ていた。

たまちゃんは丁寧《ていねい》にお皿をテーブルの上に置き、日南の前まで持ってくる。

そして、『たんじょうびおめでとう　いつもありがとう　あおい』と書かれたプレートをそ

の上に乗せると——日南に向けて、微笑《ほほえ》んだ。

「私の生まれて初めての、オリジナルケーキだよ」

たまちゃんの言葉に日南は驚き、やがて笑みを零《こぼ》した。

「もう……ずるいよ、二人とも」

「あはは。まだ、お父さんとお母さんの協力のおかげだけどね」

「……だとしてもだって」

話しながらたまちゃんはケーキにナイフを入れていき、一人分をお皿に盛りつけると、日南の前に優しく置いた。

日南は、そのキラキラとカラフルに輝くチーズケーキを、じっと見つめている。

「ほーら！　食べた食べた！」

「けど……」

「どーせ一口食べたら止まらなくなるんだから」

「へえ、そういうこと言うんだ？」

いつも通りの、息の合ったみみと日南の掛け合い。

それはたぶん、ある意味では形式だとも言えたけれど——俺はそれでもいいと思った。

そして日南《ひなみ》はゆっくりと、そのケーキをフォークで口に運び、

「……美味《おい》しい」

感謝にも近い声のトーンで、声を漏《も》らした。

相手はあの日南だから、どこまでそれを信じていいのかはわからなかったけど。

この時間は九人にとって、大切なものになっていた。

俺たちは日南に続いて、切り分けられたチーズケーキに手をつけていく。

「おお！　これは美味《うま》いな！」

水沢《みずさわ》が、驚いたような声を出す。

「……すご、ベリーの甘さとチーズのまろやかさが……」

俺もあまりの美味さに、やたら言葉数が多くなるオタクの悪いところが出ていた。

「たまのケーキ、食べれてよかったよなぁ……！」

竹井《たけい》は、なにに対する感動か、もはや半べそで食べている。

「あはは……これ、初めてのケーキなのに、もうお店で出せちゃうね」

日南が微笑《ほほえ》みながら言うと、たまちゃんはううん、と微笑みながら首を振った。

「えっとね。うちの価格帯じゃ、ぜったい原価割れしちゃうから、ダメだって」

「……そっか。ありがと、花火《はなび》」

「どういたしまして」

たんじょうび
おめでとう
いつもありがとう
あおい

優しく頷《うなず》くたまちゃんは、誰《だれ》より小さいけれど、なによりも大きくて。

そして——そんな会話を聞いている横では、俺と水沢《みずさわ》が目配せをしていた。

「よし、行くぞ文也《ふみや》、風香《ふうか》ちゃん」

「お、おう」

「は、はい！」

そうして俺は、水沢と菊池《きくち》さんとともに、前へ出て行く。

「よ、よーしみんな！」

「それじゃあ、俺たちのプレゼントも見てもらおうかな」

「か、かな！」

ちょっと言い淀《よど》んでしまう俺と、相変わらず流暢《りゅうちょう》な水沢。そして語尾だけを言う菊池さんが、プロジェクターの前に並んだ。

もしもいま、日南《ひなみ》から漏《も》れる感情が本物なのだとしたら。

その気持ちのまま、これを見て欲しかったのだ。

俺は早速USBハブからコントローラーをつないだタブレットPCを、この施設に備え付けのプロジェクターに接続する。そして壁一面にとあるロゴ画面を表示させた。

『しのべ！なげまくりファウンド』

それはシンプルながらもアタファミのグラフィックをそのまま拝借したことで、かなり見映えがいいオープニング画面で。日南の大好きなゲーム『ゆけ!うちまくりブイン』をアタファミのファウンドで再現したオリジナルゲームだった。

「あはは、なにこれ？　パロディ動画？」

そんなふうに笑いながら言う日南の前に、俺はコントローラーを置く。

「はっはっは。動画？　残念。――パロディゲームです」

「ゲーム!?」

聞いて驚く日南を横目に、俺はシナリオモードと対戦モードが表示されているオープニング画面から、対戦モードを選択した。

「ほらな、ちゃんと動く」

「なにそれ！　わざわざ作ったの？　オリジナルで？」

「おう。菊池さんと水沢と、あと足軽《あしがる》さんにも協力してもらって……依頼して、作ってもらった」

俺が言うと、日南はまた、くすりと笑って。

「友崎《ともざき》くんさっき、そこまでするのか、って言ってたけど……全然人のこと言えないね？」

それはあまりにも正論で。

だけど、対する回答もきっと——さっきと同じなのだ。

「当たり前だろ」

俺は、誇るように、堂々と言う。

「だって俺はお前から——返しきれないほど大切なものを、たくさん貰《もら》ってるからな」

「……あっそ」

ぷいと捻《ひね》くれたように、けれど、どこか笑みを浮かべながら言うと、日南《ひなみ》は目の前のコントローラーを握り、『しのべ！なげまくりファウンド』を操作しはじめた。

「え……」

日南は、驚きの声をあげる。

「ははは、どうだ、すごいだろ」

「これ……操作感が」

日南の言葉に、俺は自慢げに頷《うなず》いた。

たぶん日南は、最初はただグラフィックがアタファミキャラってだけのシューティングだと思ったのだろう。だけどこのパロディゲームは、グラフィックなどの『外側の部分』だけはなく、ルールや操作性などの構造の部分も重視して作ってもらった。

だから見た目は違っていても、きっとそのプレイしている感覚は——昔、妹たちとプレイしていた頃《ころ》と、ほとんど同じだったはずだ。

「やろうぜ。久々に」

俺は、改めてコントローラーを握り直した。

「——ファウンド同士の、ミラーマッチをさ」

その言葉に日南はまた、呆《あき》れたように、だけど楽しそうに、笑みを零《こぼ》した。

「望むところね。……けど」

やがてその表情は徐々に、好戦的なものへと変わっていく。

それはいつも俺とアタファミをする前のこいつの表情に似ていて。

やっぱり俺は、こいつに一番似合うのは、この勝ち気な笑みだと思った。

「このファウンドに関しては、私のほうが圧倒的に歴が長いけど、いいの？」

本音だか仮面だか、もうよくわからない言葉を、日南が言う。

それはきっと、ブインとアタファミが一つに混じり合った瞬間で――

――きっと同時に、幼いころの日南《ひなみ》とNO NAMEが、重なり合った瞬間だと思った。

＊＊＊

「おいちょっと待て！　葵《あおい》強すぎだろ！」

「へっへーん！　また私の勝ち。おにただ」

俺たちはいま、全員で『しのべ！なげまくりファウンド』の対戦を繰り返している。負けた人が次の人と交代する負け抜け方式で進めたところ、今のところ日南は一度も負けずにプレイをしつづけていた。

「けど結構いい勝負したねー！　なかむーおつかれ！」

「くっそ、あとちょっとだったんだけどな。……残りＨＰが少しになった途端、めちゃくちゃ堅くなりやがって」

たったいまギリギリで日南に負けた中村《なかむら》が、めちゃくちゃ悔しがっている。でもたしかにいまの試合は結構中村が序盤は押して良いところまでいってたんだけど、結局後半の日南の超ローリスクな立ち回りによって、競り負けてしまったんだよな。ていうか初心者相手にそのプレイングはあまりに大人げないんじゃないか日南。

「これで……十五連勝ですか？」

「そうだね……けど」

怖いものを見る目で日南を見ている菊池《きくち》さんに、俺は自信を持って言う。

「大体わかった。次は大丈夫」

「おお！　期待してますね」

そうして俺は中村からコントローラーを預かり、日南と四度目の対決を迎える。

「それじゃあまた、軽く一捻《ひとひね》りしちゃうね」

「いや、今度こそは、俺が勝つ」

俺たちがゲーマーとしてのビッグマウスをお互いにかまし合うと、ギャラリーのみんなが沸いた。ふむ、プロゲーマーを目指すものとして、こういうサービス精神もやはり重要なのだろうか。

そうして試合が始まる。

このゲームはキャラクターを上下に動かし、ボタンを押すとファウンドが手裏剣を投げる。それが相手に当たればダメージで、一定ポイント溜《た》まるとやられるという、超シンプルなものだった。シンプルゆえに重要なのは単純な操作精度で、歴の長い日南の操作はもちろん洗練されていたから、こんなにも連勝を続けていた。

しかし、俺もなにも勝算なく『俺が勝つ』などと言ったわけではない。

このゲームならではのポイントは、キャラの上下動の初速が遅く、同じ方向へ動きつづけると加速するという特殊な操作感と、各プレイヤーに二発ずつだけ、シューティングでいうボムのような必殺弾を撃つことができる点にある。ちなみにブインではボムだったが、なげまくりファウンドでは閃光玉《せんこうだま》と名付けている。

閃光玉は威力が強力で、一発当てれば体力の丁度《ちょうど》半分を削ってしまうという、まさに一発逆転技だ。ちなみにさっきの試合で中村《なかむら》が日南《ひなみ》をいいところまで追い詰めたのは、序盤で日南が操作を誤り、この閃光玉に当たってしまったことに要因があった。

つまり、ルールの穴。攻略できるとしたら、そこしかない。

「……」

俺はじっと日南の動きを見ながら、その機をうかがう。

ヒントは、さっき中村がボムを当てたときの立ち回りにあった。

最大ＨＰの半分という大ダメージを食らってしまう閃光玉。

熟練者の日南がそれに当たってしまったことはおそらく、偶然ではない。

そう考えたとき、活路は開けた。

「――ここだっ！」

俺は、左側の日南の操作するファウンドが画面の左上にいった瞬間。一番上から少し下、爆風がギリギリ左上に届く地点に、ほんの少しだけの時間差で閃光玉を二発、一気に放った。

「……っ！」

日南は慌《あわ》てて方向を転換するが、もう手遅れだ。

なぜならこのゲームは――上下動の初速が遅い。

俺の放った弾丸は、なんとか下に移動しようとするファウンドに直撃し、そして――

ダメージを食らって仰け反ったファウンドは初速を失い、やってくるもう一つのボムを無敵時間のあいだに避けることができず、連続で二つがヒットした。

「あ――――っ！」

日南が大声を上げる。閃光玉が二発当たったということはつまり、その瞬間、日南のファウンドのＨＰはゼロだ。

「よーっし！」

俺がガッツポーズをすると、見ていたみんなからも歓声が上がる。ずっと勝ち続けていた日南の初敗北にみんなが沸き、誕生日なのにアウェイみたいになっている日南がそこにいた。

「ちょっと待って、それ、日南家では反則ってことになってたプレイング！　ダブルボム！」

「はあ？　なんだよそれ？」

「いいタイミングでそれをすれば絶対に勝てちゃうから、それするとつまらないよねってことになって、反則になってたの！　ダブルボム！」

「そうなのか。……けど、残念だったな」

「なに？」

そして俺は、核心を突くように、くだらない理屈を。子供っぽく、胸を張って。

「これは『うちまくりブイン』じゃなくて『なげまくりファウンド』だから、そのルールはまだできてない」

「ぐ……け、けど！」

俺は日南《ひなみ》の言葉を遮《さえぎ》り、ちっちっちと指を振った。

「それに、日南は『ダブルボム』って言ったよな？　残念ながら俺が使ったのは――『ダブル閃光玉《せんこうだま》』だ」

そして日南はぐぎぎと悔しそうに俺を睨《にら》むと、

「も、もう一回」

なんてことを言った。

それはあまりに負けず嫌いというか、子供というか――もしくは、ゲーマーというか。

だからやっぱり、日南のこういうところは俺に似てるな、なんてことを思っていた。

「はーい熱中しすぎ」

俺たちの頭を、泉《いずみ》がぽん、ぽん、と軽くチョップする。

「そろそろゲームはお終《しま》い……っていうか、最後に私たちのサプライズもあるからさ！」

「お、おうそうだったすまん」俺は素直に謝る。「……まあ夜は長いし、ゲームはいつでもな」

「まだやる気なの!?　明日もあるんだから早く寝てね!?」

そんな感じでオカン属性を発揮する泉によってタブレットPCの接続が切られ、代わりに画面には、ＤＶＤプレイヤーの待機画面が表示された。

「……動画？」

日南がきょとんとして言うと、中村《なかむら》と竹井《たけい》も自信を持って頷《うなず》いた。

「それでは最後に、『葵《あおい》に感謝の会』からの、お祝いの言葉です！」

そう言った泉は、部屋の電気を落とす。

さっきよりも鮮明になったプロジェクターの画面には、誰《だれ》もいない、関友《せきとも》高校の廊下が映し出された。

『葵！　誕生日おめでとう！』

画面の端から飛び出してきたのは、橘《たちばな》や柏崎《かしわざき》さんなどの総勢六名、ここにはいないクラスのメンバーだった。

『いやあ、めちゃくちゃめでたいけど、私たちがその場で祝えてないことが唯一の難点だねえ』

『ほんとそれ！　去年は平日だったもんね。みんなでお祝いしたなあ』

『帰ってきたら、盛大に祝ってやるからな！』


「……あはは、ごめん」

日南《ひなみ》はその映像を見ながら、ぼそりと、呟《つぶや》いていて。

暗闇《くらやみ》にプロジェクターだけが光るこの部屋では、その表情をしっかりと読むことはできない。

『いつもは弱みを見せない葵《あおい》だけど、たまには見せてくれていいんだからね！』

『おおっ！　なんか良いこと言ってる～』

『い、いいでしょ！』

『それじゃあ、素敵な十七歳にしてね～！』


みんなは言葉を締めくくり、プツン、とその映像が途切れる。

そうして泉《いずみ》からのサプライズが終わった──と思いきや。

再び、画面が明るくなる。

『葵先輩！　誕生日おめでとうございます！』

『日南、誕生日おめでとう』

映ったのは陸上部の部室の前で——そこにいるのは、六名ほどの女子生徒たちだ。

つまり今度は、部の先輩や後輩からのメッセージ、ということだろう。

『私たち、ほんっとーに、日南先輩に憧《あこが》れてて！　なんか先輩のなかでも別格、って感じなんですよ！』

『こら、私たちにも憧れろ』

『えー？　けどさすがに相手が悪いですって〜』

『お前なあ……』

それは全部、どこか砕けた挨拶《あいさつ》で。

ただ泉に言われたから撮ったというよりも、本当に思っていたことを、フランクに伝えているような映像たちで。

『日南《ひなみ》先輩が引退したあとも、私たちがこの部の伝統、守っていきますから！』

『葵《あおい》式のグラウンド整備、後輩にも伝えていきます！』

『日南先輩に……っ、もらった靴紐《くつひも》……だいじに……だいじにしまずっ！』

『おいこら泣くな、これ誕生日だぞ、卒業じゃないぞ』

「あはは……シマちゃん……」

日南は笑いながら、けれどその声に、感情が入り混じっていくのがわかった。

登場する人々は、一年生のときにいなくなってしまった陸上部の顧問の先生、陸上の全国大会で争ったライバル、大宮《おおみや》のよくいくチーズが美味《おい》しいお店の店主まで、本当に多岐《たき》にわたっていた。

『葵ちゃん！』

『日南さん！』

『日南！』

呼びかけられる名前と祝いの言葉は、これまで日南がしてきたことを、如実に示していて。おそらくそのほとんどは、日南はただ『処世』するために、そして自分の正しさを『証明』するために、冷たい仮面として関わってきたに過ぎないだろう。自分のもろさに蓋《ふた》をするために利用してきたに過ぎないだろう。

けど。

日南が自分のために行ってきたことが――こんなにたくさんの尊敬や好意を生んでいる。

こんなに多くの人が、日南に感謝し、喜んで欲しいと思い、わざわざ時間を割《さ》いてまで、祝いの言葉を贈っているのだ。

「なあ、日南」

これが日南の在り方に対する、一つの答えだと思った。

「……これでわかっただろ？」

映像に目を奪われている日南に近づき、日南にだけ聞こえるように、本音を伝える。

そのとき、近くで見た日南の目が潤《うる》んでいるように見えたのは、ただ暗いなかで日南の瞳《ひとみ》に反射するプロジェクターの光が、まるで涙のように見えただけなのか。

それとも、一日に何度も感情を揺さぶられつづけた結果、無邪気な好意が日南《ひなみ》の仮面の下に届いたのか。

それはきっと、日南にしかわからない。

「……わかったって、なにが」

感情を無理やりに押し殺したような声が、俺の耳に届く。

「たとえ『形式』でもな。それを積み重ねれば、ちゃんと届くんだよ」

最近、進むための熱を手に入れた男のことを思い出しながら。

もしくは、それを積み重ねて特別を手に入れようとしている、二人の試行錯誤を思いながら。

そして――目の前にいる、がむしゃらに戦うことしかやり方を知らない、ゲーム好きの少女を見つめながら。

「お前はただ単に、『証明』のためとしか思ってなかったかもしれない」

それは、みんなに対しても。俺の『人生攻略』に対しても、同じことだった。

「それでも、そんなお前の行動に、俺も、ここにいるみんなも、クラスメイトも、先輩も後輩も、先生だってみんな、救われてるんだよ。お前に、大切なものを貰《もら》ってるんだよ」

その言葉はきっと、俺が届けたいところにまで届いている。

「だから、それでいい」

なぜか、そんな実感が俺にはあった。

「日南葵《あおい》は、それでいいんだ」

「――では、次が最後のメッセージです！」

そうしてまた一度画面が暗くなり、明るいトーンで泉《いずみ》が司会をする。

さっきよりも少しだけ長い暗闇《くらやみ》のあと、最後の映像が始まる。

だけど、そのとき――。

日南葵が握りつづけていたコントローラーが、がちゃんと音を立てて、床の上へ落ちた。

「……え」

大きなプロジェクターに映し出されていたのは、俺が一度だけ会ったことのある人物――

『――葵、誕生日おめでとう』

日南葵《ひなみあおい》の母親と、日南葵の妹だった。

あとがき

ご無沙汰《ぶさた》しております。屋久《やく》ユウキです。

アニメ放送のさなかに発売された九巻から一年。よりによってあのラストから一年を待たせたことに罪を感じていますが、なんというか今巻の終わりも同じ罪をまた背負いうる予感をひしひしと感じております。また、お祭りだったアニメからもあっという間に一年が経《た》ち、けれどまだ一年しか経っていないのか、という気持ちでもあります。

そして皆さまがこの十巻を手に取っているということは、ついにあのお知らせを、お届けできている、ということになるでしょう。

というわけで『弱キャラ友崎《ともざき》くん』、新作アニメの制作が決定しました！

『新作アニメ』とは一体なんなのか、その単語がなにを意味しているのか、みたいなところは大人のアレでまだごにょごにょなのですが、安心して楽しみにしていてください、ということは間違いなくお伝えできるかな、と思っています。推した分だけ伸びて、首都が大宮《おおみや》になっていく。そんなコンテンツと思って、これからも応援してくださると嬉《うれ》しいです。

さて。アニメといえば、一つ思い出されるエピソードがあります。『弱キャラ友崎くん』が放送されていたとき、放送の度に毎週フライさんがTwitterにイラストを投稿してくれていたのは皆さんも知っているかと思いますが、その第一話の放送時、僕は担当編集の岩浅《いわあさ》さんとフライさんの三人で、リアルタイムでアニメの上映会を開催していました。

お祭りのようでとても楽しい時間だったのですが、実はそのときフライさんは記念イラストを、僕らの目の前で、なにも言わずこっそり投稿していたのです。

僕は岩浅さんの「フライさん……！」という感嘆の声でそれに気がつき、僕もそれを見つけ興奮している前で、フライさんは静かに笑っていたのをよく覚えています。

僕はフライさんらしい粋《いき》なやり方と、投稿された日南《ひなみ》の輝かしい笑顔とその心遣いに、とても感動させてもらいました。

それはきっと、いくら感謝してもしきれないほどのものであり——だからこそ今回は、皆さんに改めて、一つ伝えなければならないことがあります。

それは、本誌の口絵イラストで表現されている『洋服の物語性』です。

感動的なエピソードを前段に使うな、あとがきのスペースに余裕があるからってのびのびやるな、フライさんに謝れ、などの声が聞こえてきそうですが、ここはあとがきなので好きにやらせてください。フライさんには謝ります。

さて。今巻のＵＳＪの口絵ですが、実はこの絵を発注する際には「ＵＳＪの大きな地球の前で、男子は私服、女子は制服で記念写真を撮っている」ということはお伝えしたのですが、実はその詳細は、フライさんにまかせてあったのです。

つまり、例えばみみみとたまちゃんが同じ帽子を被っていたり、日南だけが主人公の帽子を被っていたり。こういうお揃《そろ》いという場面ではつい浮いてしまいそうな菊池《きくち》さんが、優鈴《ゆず》と同じカチューシャを着けていたり。もしくは私服で来ている男子勢のなかで、竹井《たけい》だけが制服を着ていたり。

そういった部分は僕や岩浅《いわあさ》さんではなく、フライさんが演出してくれたものなのです。

演出があればそこにはもちろん、物語が生まれます。

例えば菊池さんが優鈴と同じカチューシャなのは、一人だけ浮くことを心配した優鈴が、同じカチューシャを買っておいたのかもしれないな、とか。

竹井は女子の制服リミテを聞きつけたのかもしれない。もしくは男子みんなに『制服で行こうぜ！』と言ったけど、無視されたのかもしれない、とか。

それはきっと、イラストで切り抜かれた瞬間より過去にも、未来にも、この世界が存在することを表していて。だからこそ、フライさんの絵には深みがあるのです。

裏に広がる物語を、ほんの少しの服装や表情の変化で伝える。

つまり――内側の物語は、あくまでイラストで見せて、多くを語らない。

それこそが、フライさんのイラストに数多《あまた》ある魅力の内の一つであり、僕がこうしてフライさんのファンを続けている無限の理由の一つでもあるのです。

さて、ここで思い出していただきたいのは、冒頭でお伝えした、アニメ第一話の上映会のときのエピソードです。

フライさんは、しっかりとイラストを準備していたにもかかわらず、僕らになにも言わず、ただ目の前でこっそりと、そのイラストをツイートしていました。

「内側の物語は、あくまでイラストで見せて、多くを語らない」。

これはフライさんのイラストの素晴らしさであると同時に、フライさんという一人のイラストレーターの奥ゆかしさすらを表している。イラストと僕の身の回りにあったことだけから考えても、そんなことが言えるのではないでしょうか。

この思い、少しでも伝われば幸いです。

それでは、謝辞です。

イラストのフライさん。コミケで頒布《はんぷ》された同人誌のあとがきを頼まれたことで、短期間に二つもこんな怪文書を送ることになってしまい、訴えられないか不安で震《ふる》えています。示談の場合はお手柔らかによろしくお願いします。ファンです。

担当の岩浅さん。毎年年末は小学館で缶詰になるのが恒例になりすぎて、小学館って神社なのかなって思うようになりました。また近々参拝に伺います。

そして読者の皆さん。アニメの放送が終わり、かと思えば新作のアニメが発表されて。まだまだ楽しいものをたくさん見せられると思うので、これからも一緒に突き進んでくれると嬉《うれ》しいです。いつも応援、ありがとうございます。

ではまた次巻もお付き合いいただければ幸いです。

屋久《やく》ユウキ

GAGAGAGAGAGAGAGAGAGAGAG

千歳くんはラムネ瓶のなか

著／裕夢《ひろむ》

イラスト／raems《レームズ》

定価：本体 630 円＋税

千歳朔は、陰でヤリチン糞野郎と叩かれながらも学内トップカーストに君臨するリア充である。円滑に新クラスをスタートさせたのも束の間、とある引きこもり生徒の更生を頼まれて……？　青春ラブコメの新風きたる！

AGAGAGAGAGAGAGAGAGAGA

結婚が前提のラブコメ

著／栗《くり》ノ《の》原《はら》草介《そうすけ》

イラスト／吉田《よしだ》ばな

定価：本体556円＋税

白城結婚相談事務所には「結婚できない」と言われた女性たちが集まってくる。
縁太郎は仲人として、そんな彼女たちをサポートする日々。
とある婚活パーティで出会った結衣は、なにやらワケありの様子で……？

GAGAGAGAGAGAGAGAGAGAGA

ミモザの告白

著／八目《はちもく》 迷《めい》

イラスト／くっか
定価 726 円（税込）

冴えない高校生・咲馬と、クラスの王子様的な存在である汐は、
かつて誰よりも仲良しだったが、今は疎遠な関係になっていた。
しかし、セーラー服を着て泣きじゃくる汐を咲馬が目撃してから、彼らの日常は一変する

AGAGAGAGAGAGAGAGAGAGAGA

友人キャラは大変ですか？

著／伊達《だて》 康《やすし》

イラスト／紅緒《べにお》

定価：本体 574 円＋税

俺の名は小林一郎。友人のプロを自負してる。高校一年の春、俺は探し求めていた理想の主人公、火乃森龍牙に出会う。「あまり俺と関わらないほうがいい。小林のためにもね」あ、もうダメ惚れた。最強助演ライフ開幕！

育ちざかりの教え子がやけにエモい

著／鈴木大輔《すずきだいすけ》
イラスト／DS《ディーエス》マイル
定価／本体 600 円＋税

椿屋ひなた、14 歳。新米教師の俺、小野寺達也の生徒であり、昔からのお隣さんだ
大人と子どもの間で揺れ動く彼女は、どうにも人目を惹く存在で――。
“育ち盛りすぎる中学生” とおくるエモ×尊みラブコメ！

GAGAGA
ガガガ文庫

弱キャラ友崎くん Lv.10

屋久ユウキ

発行　2022年1月23日　初版第1刷発行

発行人　鳥光 裕

編集人　星野博規

編集　岩浅健太郎

発行所　株式会社小学館
〒101-8001 東京都千代田区一ツ橋2-3-1
[編集]03-3230-9343　[販売]03-5281-3556

カバー印刷　株式会社美松堂

印刷・製本　図書印刷株式会社

Printed in Japan　ISBN978-4-09-453045-2

第17回小学館ライトノベル大賞
応募要項!!!!!!!!!!!!!!!!!!!!!!!!!!!!!

ゲスト審査員は武内 崇氏!!!!!!!!!!!!!!!

大賞：200万円＆デビュー確約
ガガガ賞：100万円＆デビュー確約
優秀賞：50万円＆デビュー確約
審査員特別賞：50万円＆デビュー確約

第一次審査通過者全員に、評価シート＆寸評をお送りします

内容 ビジュアルが付くことを意識した、エンターテインメント小説であること。ファンタジー、ミステリー、恋愛、ＳＦなどジャンルは不問。商業的に未発表作品であること。
（同人誌や営利目的でない個人のWEB上での作品掲載は可。その場合は同人誌名またはサイト名を明記のこと）

選考 ガガガ文庫編集部＋ゲスト審査員 武内 崇

資格 プロ・アマ・年齢不問

原稿枚数 ワープロ原稿の規定書式【１枚に42字×34行、縦書きで印刷のこと】で、70～150枚。
※手書き原稿での応募は不可。

応募方法 次の３点を番号順に重ね合わせ、右上をクリップ等(※紐は不可)で綴じて送ってください。
① 作品タイトル、原稿枚数、郵便番号、住所、氏名（本名、ペンネーム使用の場合はペンネームも併記）、年齢、略歴、電話番号の順に明記した紙
② 800字以内であらすじ
③ 応募作品（必ずページ順に番号をふること）

応募先 〒101-8001 東京都千代田区一ツ橋 2-3-1
小学館　第四コミック局　ライトノベル大賞係

Webでの応募　GAGAGA WIREの小学館ライトノベル大賞ページから専用の作品投稿フォームにアクセス、必要情報を入力の上、ご応募ください。
※データ形式は、テキスト（txt）、ワード（doc、docx）のみとなります。
※Webと郵送で同一作品の応募はしないようにしてください。
※同一回の応募において、改稿版を含め同じ作品は一度しか投稿できません。よく推敲の上、アップロードください。

締め切り 2022年9月末日（当日消印有効）
※Web投稿は日付変更までにアップロード完了。

発表 2023年３月刊『ガ報』、及びガガガ文庫公式WEBサイトGAGAGAWIREにて

注意 ○応募作品は返却致しません。○選考に関するお問い合わせには応じられません。○二重投稿作品はいっさい受け付けません。○受賞作品の出版権及び映像化、コミック化、ゲーム化などの二次使用権はすべて小学館に帰属します。別途、規定の印税をお支払いいたします。○応募された方の個人情報は、本大賞以外の目的に利用することはありません。○事故防止の観点から、追跡サービス等が可能な配送方法を利用されることをおすすめします。○作品を複数応募する場合は、一作品ごとに別々の封筒に入れてご応募ください。